«un endroit où aller»
Une collection dirigée par Hubert et Françoise Nyssen

De cet ouvrage, il a été tiré 30 exemplaires sur Vélin d'Arches, dont 25 numérotés de 1 à 25 et 5 hors commerce marqués de A à E.

LA PETITE DAME EN SON JARDIN DE BRUGES

DU MÊME AUTEUR

JOURNAL D'UN CRIME, Albin Michel, 1961.
LE BEL ÂGE, Albin Michel, 1964.
LES JARDINS DU DÉSERT, Flammarion, 1981.
LE VOYAGE D'HIVER, L'Age d'homme, 1989.

ISBN 2-7427-0747-6

Maquette de couverture :
Christine Le Bœuf

CHARLES BERTIN

LA PETITE DAME EN SON JARDIN DE BRUGES

récit

ACTES SUD

Bien des poètes firent moins que vous qui reçurent de petites couronnes.

CHARLES PLISNIER,
Heureux ceux qui rêvent.

CETTE NUIT, L'ENVIE M'EST VENUE d'aller dire bonjour à ma grand-mère. Ce n'est pas la première fois qu'elle me manque, mais je n'avais jamais éprouvé avec autant d'insistance le besoin de la revoir. Comme elle est morte depuis près d'un demi-siècle, j'ai pensé qu'il était préférable de me mettre en route tout de suite : j'avais déjà un pied hors du lit quand je me suis réveillé pour de bon.

Tout de même, je ne suis pas mécontent. Mon rêve de cette nuit m'a remis en mémoire un épisode de la geste de la petite dame que j'avais oublié : à l'instant où elle m'est apparue, elle se trouvait glorieusement perchée sur un tabouret entre les capucines du perron à encorbellement de sa maison de Bruges et elle sonnait de l'olifant en mon honneur. Je crois que j'avais dix ans ce jour-là : c'est la façon qu'elle avait choisie de saluer mon anniversaire.

Bien sûr, l'olifant magnifie un peu les choses, mais je suis sûr que la trompe d'occasion dans laquelle ma grand-mère soufflait à perdre haleine sans souci de troubler la tranquillité du quartier était revêtue d'une dignité au moins équivalente dans son esprit. En fait, l'instrument n'était qu'un de ces petits cornets de laiton à embouchure de cuivre que les gardes-freins portaient autour du cou au temps de mon enfance et qu'ils utilisaient pour signaler les mouvements des rames en manœuvre. L'objet avait appartenu à mon grand-père et il l'avait conservé en souvenir de ses débuts modestes à la société des Chemins de fer : j'étais souvent tombé dessus en fouinant dans les tiroirs de la cuisine.

Ainsi embouché par ma grand-mère dont les connaissances historiques étaient assez vagues, mais qui nourrissait une révérence infinie à l'égard des fastes du passé, le modeste cornet se voyait promu par la circonstance au rang des trompettes de la renommée : quelque chose comme la sonnerie du sacre des rois, le cor de Roland victorieux, le buccin qui salue l'entrée de César. A choisir, je pencherais plutôt pour l'entrée de César… Car, s'il s'agit bien, comme je le pense, de mon dixième anniversaire, nous sommes en 1929, l'année même où la version muette de *Ben Hur* enflamme le public des cinémas de province : quelques semaines plus tôt, ma grand-mère m'avait accordé le privilège de l'accompagner au *Vieux Bruges*, la salle de la rue des Pierres, et le spectacle nous avait bouleversés tous les deux.

C'est donc très probablement dans le magasin d'accessoires de la Rome hollywoodienne qu'elle avait puisé l'inspiration de sa mise en scène, et j'imagine que la trompette, autant que le tabouret qu'elle avait extrait de la salle de bains, ne devaient représenter à ses yeux que les signes exemplaires du vaste décor sous-entendu de colonnades et de terrasses qui longeaient la Voie sacrée entre le Champ de Mars et le Capitole. Je suis même prêt à parier qu'elle n'avait pas hésité à mobiliser mentalement quelques cohortes pour aligner sur tout ce marbre la double haie des vexillaires chargés d'incliner leurs étendards sur mon passage.

Dans la scène à deux personnages qu'elle avait rêvé d'interpréter avec moi ce matin-là, elle m'avait naturellement réservé le rôle le plus glorieux, mais l'expérience démontrait que ma composition du triomphateur était un échec total : selon toute évidence, je ne possédais ni les moyens dramatiques de l'emploi, ni l'effronterie flegmatique nécessaire à son exercice.

La vérité était que j'étais mort de honte à la pensée des voisins, arrachés à leur petit déjeuner dominical, qui, par-dessus les haies séparant les jardinets du faubourg, ne perdaient rien du spectacle offert par ma grand-mère juchée sur son podium improvisé entre les capucines du perron et parfaitement consciente de son pouvoir sur le public : droite comme un *i*, tête levée, la trompette pointée vers le ciel, cambrant sa taille menue avec cette fierté qui paraît naturelle à ceux qui ont un compte particulier à régler avec l'univers, elle prenait ouvertement à témoin la population de Saint-André-lez-Bruges de la gloire que les dieux promettaient à son petit-fils. J'avais beau l'implorer d'abréger ma torture : les quelques "Grand-Mère !" suppliants que je parvenais à articuler d'une voix étranglée n'arrivaient pas jusqu'à elle, tandis que le petit cornet, auquel étaient venus se joindre au bout d'un moment deux ou trois coqs des environs stimulés par la concurrence, continuait à sonner son insupportable diane enrouée par-dessus les jardins.

Lorsque cette scène se déroula, mon grand-père était mort depuis plusieurs années.

Etrange alchimie de la mémoire... Tout ce qu'il me reste de lui, en dehors de la foisonnante chronique de ma grand-mère, c'est cette trompette dérisoire et le souvenir de la réponse qu'il fit à une de mes questions d'enfant.

Je revois un crépuscule d'été au jardin. Je trottine près de lui, au milieu des fraisiers et des roses. Je ne lui arrive pas à la taille.

"Pourquoi habites-tu Bruges, grand-père ?"

Il s'arrête brusquement et me regarde comme si ma question méritait qu'on y réfléchisse. Ensuite, il s'accroupit pour que son visage se trouve à la hauteur du mien, et il me dit avec gravité, presque à l'oreille :

"Cela a été décidé en haut lieu."

En même temps, il me considère d'un air matois comme s'il voulait me faire entendre qu'il pourrait m'en révéler bien davantage s'il n'était tenu par le secret professionnel. Puis, il hoche la tête. Je hoche la tête moi aussi pour l'assurer de ma connivence. Je n'ose pas lui demander de me fournir quelques précisions sur ce *haut lieu* qui dispose ainsi de la vie des gens, mais je suis très impressionné.

En fait, j'avais en toute innocence posé la bonne question. Mes grands-parents, qui étaient nés dans les environs de Mons, n'avaient nullement choisi de vivre à Bruges. Mais ils s'étaient trouvés embarqués dès leur mariage dans l'existence nomade que la direction des Chemins de fer de l'époque imposait à un certain nombre de ses agents. Le service des affectations ayant jugé bon d'ajouter le piment de la surprise linguistique aux éléments traditionnels d'incertitude qui résultent des différences de climat, de relief et d'environnement, ils furent transbahutés, au cours de ces années mythologiques de la fin du siècle, de Welkenraedt à Philippeville, de Saint-Nicolas-Waes à Libramont. C'est ainsi qu'ils avaient vu naître leurs enfants aux quatre coins du pays.

Mon grand-père, qui avait été élevé dans le respect de la hiérarchie, s'accommodait sans trop de peine de cette vie de bohémiens qui exaspérait sa femme. Il est difficile de penser qu'il ait pris le moindre plaisir à cette cascade de déménagements, mais il faisait apparemment confiance à la sagesse de son employeur sans visage. En tout cas, il ne se posait pas de questions. Je serais assez porté à croire qu'il imaginait que pour organiser, en tenant compte de lois aussi rigoureuses que celles de la mécanique céleste, une répartition équilibrée de la main-d'œuvre sur le réseau national, il fallait qu'une sorte d'infatigable dieu obscur, abrité quelque part dans les entrailles de la machinerie administrative, assurât la bonne marche de toute une quincaillerie délicate, hérissée d'engrenages subtils et lestée des contrepoids opportuns, assez semblable en fait aux monstres mécaniques que Tinguely inventerait un jour. C'est sans doute ce qu'il appelait le *haut lieu*.

Cette crédulité agaçait fortement ma grand-mère qui ne voyait dans ce qu'elle appelait "un brassage de loterie" qu'une manifestation de l'arbitraire du pouvoir : "Il m'est arrivé de lui dire qu'il avait une mentalité d'esclave", m'avoua-t-elle un jour. Et elle ajoutait en rougissant un peu : "Ce sont les seules véritables querelles que nous avons eues pendant toute notre vie…"

Il y a dans l'*Intermezzo* de Giraudoux une scène superbe qui offre au contrôleur des Poids et Mesures l'occasion d'exposer à Isabelle la complexité retorse et poétique des règles qui régissent le jeu des promotions dans l'Administration française : elle m'a toujours fait penser au destin de mes grands-parents.

Au moins, dans cette partie de jeu de l'oie que fut leur existence, l'ultime coup de dés fut heureux. Tout se passa comme si la Némésis administrative, prise de remords, s'était soudainement avisée de refaire ses comptes : en 1923, mon grand-père, classé “agent de haut mérite”, fut propulsé dans la case marquée *Bruges* pour les quelques années qui le séparaient de la retraite.

Après tant de campements de fortune, de carrefours malencontreux, de bifurcations hasardeuses, c'était en fin de compte la halte rêvée. Avec l'enthousiasme de fiancés en quête de leur premier gîte, mes grands-parents se mirent à la recherche d'un logis.

On leur indiqua au cœur du faubourg de Saint-André, passé la porte Maréchale, une sorte de clos de verdure formé d'un groupe de quelques cottages entourés de leurs jardins. L'un de ceux-ci, qui se trouvait à louer, leur parut convenir en tous points : c'était enfin une vraie demeure, avec une ou deux pelouses, quelques arbres, et des fleurs. Il y avait même un lopin annexe où mon grand-père pourrait planter des salades et les regarder pousser.

Je ne suis jamais parvenu à savoir qui inspirait l'autre, mais, d'emblée, une manière de complicité amoureuse s'installa entre le génie de la maison et la personnalité de ma grand-mère. Durant les sept ans au cours desquels j'ai passé là-bas la plus grande partie de mes vacances d'été, j'ai été le témoin privilégié de cette osmose. J'en fus aussi, au premier chef, le bénéficiaire. Comment le dire ? J'ai toujours éprouvé le sentiment que le bonheur de vivre s'enrichissait d'une stimulation insolite sous son toit. Si bien qu'après plus de soixante années, la maison et le jardin de Bruges demeurent auréolés dans ma mémoire d'une grâce d'élection particulière : celle des lieux où l'ajustement parfait des êtres et des choses nous ménage une connivence avec les puissances amicales de l'invisible.

L'enchantement commençait dès l'entrée du clos dans une rue voisine de la chaussée de Ghistelles : la grille ouvrait sur une allée bordée de haies assez hautes que jalonnaient une série d'ogives de verdure bâties sur un treillage dont l'armature avait disparu depuis longtemps sous la végétation. Au fil du temps, les ramures avaient tressé des passerelles de feuillage entre les arcades jusqu'à composer sur une vingtaine de mètres une charmille unique arrondie en berceau. Ce véritable tunnel de feuillée qui serpentait en flânant entre les jardins se divisait en plusieurs sentiers qui conduisaient aux maisons encore invisibles dans la masse des arbres : celle de mes grands-parents était la dernière.

J'ai passé bien des heures heureuses dans ce déambulatoire de verdure dont j'étais la plupart du temps l'hôte unique, si j'excepte le chat de nos plus proches voisins. Quand il faisait soleil, il y régnait, même au plus fort du jour, une pénombre dorée dont la paix claustrale me ravissait et m'inquiétait un peu. L'irréalité de la lumière poudreuse qui jouait à travers les feuilles, ce silence d'eau profonde où j'avais l'impression de me haler comme un plongeur, et jusqu'à la légère oppression que suscitait dans mon esprit la luxuriance d'une végétation qui paraissait capable de submerger toute autre vie que la sienne, contribuaient à me persuader qu'à quelques dizaines de mètres de la chaussée, le monde des hommes était aboli. Un de mes jeux favoris consistait d'ailleurs à me comporter en survivant : je m'étais ménagé à l'insu du chat une ou deux caches dans les buissons, et je négligeais rarement, en vue d'une disette éventuelle, de compléter l'ordinaire de mon goûter en grappillant quelques provisions supplémentaires à la cuisine.

Les instants de haute félicité que j'ai connus sous mes voûtes de frondaison demeurent unis dans mon souvenir à ces journées de temps incertain que ma grand-mère appelait du *temps d'arc-en-ciel*, où le soleil continuait à briller entre les nuages au cœur même des averses de pluie tiède.

Dès mes premiers pas sous le couvert de l'allée, j'avais l'impression de dériver au fil d'un courant d'effluves émanant de la mosaïque des jardins qui m'entouraient. J'épelais tout un alphabet d'odeurs où le parfum des roses échauffées par le jour, suavement exalté par l'ondée, se mêlait à la senteur puissante de la terre mouillée.

Mais la véritable fête, c'est la lumière qui me la donnait : les jeux conjugués de la pluie et du soleil transformaient mon repaire de verdure en une manière de grotte océanique où tous les tons du vert, du jade au céladon, de l'émeraude à l'aigue-marine, rivalisaient dans une pénombre élyséenne criblée de rayons. La plus mince ramure baignait dans une mousse de lumière dorée qui paraissait puiser son éclat à quelque fabuleuse source intérieure. Je ne me lassais pas de contempler à travers l'épaisseur du feuillage encore nappé de pluie, mais d'où montaient déjà les premières vapeurs, l'irisation des gouttes suspendues qui, durant un moment dont j'aurais souhaité prolonger les délices, continuaient l'une après l'autre à se détacher, comme à regret, de l'extrême pointe des feuilles vernissées.

Je ne savais pas encore que je découvrais dans cet avènement éphémère d'une œuvre de la nature une préfiguration du plaisir que je trouverais un jour dans les accomplissements de l'art des hommes.

Mon grand-père ne connut pas le bonheur de regarder longtemps pousser ses salades. Dans les premiers jours du printemps de 1925, il mourut brusquement d'une thrombose cérébrale, laissant sa femme dans une grande solitude.

Mes parents eurent l'intelligence de me conduire dare-dare à Saint-André. Quand on voulut me pousser dans les bras de la petite dame vêtue de noir, aux traits ravagés, qui nous accueillit sur le seuil, je me détournai violemment en demandant où était ma grand-mère. C'est la seule fois que je la vis pleurer.

Je passai mes vacances auprès d'elle. J'étais à l'époque son unique petit-enfant.

Comme il est naturel, elle s'attacha farouchement à moi. De mon côté, j'ai le sentiment de lui avoir donné tout l'amour que le cœur d'un garçon de cinq ans était capable de contenir.

Dans une des images les plus anciennes que ma mémoire ait conservées d'elle, je me découvre entre ses bras. Mais à l'instant où elle va m'embrasser – nous sommes presque tête contre tête –, je rejette la nuque en arrière pour suivre doucement de l'index, comme sur l'émail d'une porcelaine précieuse, le lacis des craquelures que les rides dessinent sur la peau des pommettes. Et je me rappelle m'être parfois demandé si, en lui tapotant la joue du bout de l'ongle, le visage de ma grand-mère se mettrait à tinter.

J'ai pourtant fort peu de souvenirs précis de ce premier long séjour à Saint-André. Quand je m'efforce d'évoquer quelque trace des événements de cet été-là, je ne retrouve qu'une sorte de brume dorée où flotte un bonheur aux contours indistincts. Il faut la chance d'un rêve comme celui que j'ai fait cette nuit pour qu'une très vieille marée reflue, laissant à nu l'un ou l'autre trésor fascinant et dérisoire : le tintement de la clochette du portillon d'entrée annonçant l'apparition quotidienne du facteur au seuil de l'allée du jardin, la longue note flûtée que file la grive du soir à la pointe du bouleau, ma grand-mère assise devant moi dans le fauteuil à bascule en train de peloter la laine dont je maintiens l'écheveau bien tendu entre mes poignets écartés, ma course extasiée autour du grand mûrier de la pelouse bourdonnant d'une nuée de hannetons dans la lumière du crépuscule…

En fait, c'est sur ma mémoire inconsciente que ces semaines ont exercé leur empire le plus durable. C'est ainsi que le nom de Bruges a conservé dans mon esprit une connotation festive si intense qu'aujourd'hui encore je ne puis l'entendre prononcer sans un frisson de bonheur, comme si, par-dessus un gouffre de soixante-dix années, il avait le pouvoir de rendre la vie à cet univers de poésie et de liberté auquel le visage de ma grand-mère est si ardemment associé. Depuis ma petite enfance, je lui ai toujours attribué une dignité particulière dans l'aristocratie des mots qui, au-delà de l'étroite signification que leur prête le consentement général, enrichissent le tissu sensoriel du langage de tout un trésor de saveurs, de couleurs et de parfums : la seule magie de sa consonance suscite en moi le sentiment d'une complicité exultante entre l'idée de ville et celle de volupté, de velours et de vacances.

Est-ce au cours de l'été suivant que nous conclûmes “le pacte” ? Je le crois bien. Je n'avais pas encore tout à fait sept ans, mais le lecteur a déjà compris que ma grand-mère se plaisait à surestimer mes capacités. Le fait est qu'elle décida un beau matin de faire de moi le dépositaire des traditions de la maisonnée et d'enrichir nos rapports d'une rubrique nouvelle consacrée aux fastes de l'histoire familiale.

Le principe en était fort simple : elle tiendrait la chronique à son heure et à sa façon. Mon rôle serait de l'écouter en posant de temps à autre une question intelligente. A l'issue de l'“entretien”, je recevrais pour ma peine un berlingot de pâte d'amandes. Je dois dire à l'honneur de la petite dame et au mien que nous n'avons jamais considéré que ce dernier point fût de l'essence du contrat : il n'a d'ailleurs été introduit que par la suite.

L'accord fut donc scellé. Pour autant qu'il m'en souvienne, nous avons tous deux rempli avec honnêteté notre part du marché. Sans doute n'ai-je pas toujours apprécié aussi vivement que je l'aurais dû l'intérêt de l'exercice, mais comme le besoin de raconter ne s'emparait de ma grand-mère qu'une ou deux fois par semaine, ma tâche n'avait rien d'écrasant.

Le rituel voulait que ce fût ordinairement à journée faite, quand la lumière du crépuscule descendait sur le jardin. Lorsque je voyais apparaître la bouteille de grenadine sur la table du perron, je savais que le moment était venu. Selon la nature du récit prévu au programme ce soir-là, la bouteille se voyait accompagnée, ou non, par un petit coffret de marqueterie dont j'aurai l'occasion de reparler.

Ma grand-mère s'installait avec son tricot dans le seul fauteuil de la maison où je l'aie jamais vue s'asseoir, une berceuse en bois de frêne au siège et au dossier cannés dont elle aimait le balancement quand elle voulait profiter du soleil sur ses fleurs. Je me laissais tomber près d'elle sur un petit banc, et j'attendais.

Elle n'abordait jamais son récit tout de suite : il y avait d'abord entre nous une ou deux minutes de très beau silence. Elle paraissait absorbée par son ouvrage, mais j'ai le sentiment qu'elle avait surtout besoin de mettre ses idées en ordre et que la démonstration de pure virtuosité machinale, admirable en soi, où je la voyais monter à toute allure une série de mailles sur son aiguille, n'avait d'autre utilité que de stimuler sa concentration et d'occuper ses doigts pendant que son esprit chevauchait à travers les nues à la poursuite de ses souvenirs.

Enfin, elle commençait à parler. D'une voix assez basse d'abord, comme si elle avait à forcer quelque interdit de sa nature pour se désenliser du silence. Puis, peu à peu, de manière plus intelligible, mais toujours avec des hésitations, des pauses, des reprises, à la ressemblance de celle qui se remémore un songe dont quelques épisodes demeurent incertains. En fait, c'est très exactement la tâche qui l'occupait : débrouiller cet écheveau de rêves, de désirs, de bonheurs et d'épreuves où s'étaient emmêlées sa vie et celle de ses proches, retrouver le fil presque indiscernable unissant la petite fille d'un autre siècle à cet enfant d'aujourd'hui qui écoutait avec beaucoup de gravité les discours de sa grand-mère au seuil de la soirée d'été.

Comme elle se prétendait peu douée pour l'écriture – bien qu'elle possédât, comme nous le verrons, de brillantes vivacités d'épistolière –, elle avait adopté la confession orale qui lui permettait de choisir son public et lui paraissait plus conforme à ses talents. En somme, elle me parlait comme elle aurait écrit ses mémoires : j'étais le confident que la Providence lui avait désigné pour que rien ne fût perdu, l'héritier chargé de recueillir le patrimoine de souvenirs qu'elle s'était constitué avec une patience de polypier corallien autour des petits et des grands moments de l'histoire de la famille.

ELLE ÉTAIT NÉE A LA VEILLE DE LA guerre de 1870 dans un petit village des environs de Mons où ses parents exploitaient une métairie. A l'époque déjà, les domaines agricoles commençaient à se faire rares au cœur d'une région que la prolifération industrielle avait marquée de ses ravages. Pour un temps encore, les derniers hectares de pâtures et de labours avaient trouvé à se nicher entre les terrils, mais, à l'exemple des tribus amérindiennes parquées dans leurs réserves, les paysans en étaient arrivés à mener sur leurs terres la vie harassante et précaire des espèces en voie de disparition.

Avec leurs quatre vaches et leurs vingt-cinq moutons, mes arrière-grands-parents, qui se prénommaient joliment Donatienne et Nicolas-Cyprien, n'auraient sans doute pas été plus mal lotis que beaucoup d'autres, si mon bisaïeul n'avait succombé à la tentation malencontreuse de faire en sept ans sept enfants à sa femme. Deux d'entre eux eurent le bon goût de mourir en bas âge, mais ma grand-mère subit durement pendant toute sa jeunesse la triple infortune d'être fille, d'avoir vu le jour la première, et d'avoir des frères.

C'est qu'en dépit de la sévérité des temps et du poids de leurs charges familiales, Donatienne et Nicolas-Cyprien, qui avaient été élevés l'un comme l'autre dans le respect des traditions et le culte du mâle, s'étaient mis en tête de nourrir des ambitions pour les garçons que le ciel leur avait donnés. Ils se persuadèrent que le Seigneur ne leur marchanderait pas leur lot de paradis s'ils parvenaient au moins à épargner à leurs fils les servitudes de la condition paysanne. Il n'en fallait pas plus pour qu'ils se mettent à rêver. Constant n'avait pas de trop mauvaises notes en lecture et il calculait juste : en le poussant un peu, ne pourrait-on en faire un maître d'école fort convenable ? Quant à François qui avait des yeux de fille et se plaisait au catéchisme, il se laisserait peut-être tenter par le séminaire ?

Sans doute, pour réaliser d'aussi nobles desseins, faudrait-il quelque persévérance et beaucoup de temps. Beaucoup de sacrifices aussi. Mais Donatienne et Nicolas-Cyprien se sentaient disposés à les consentir. Bien entendu, les trois filles, pour qui il ne pouvait pas être question d'études, auraient à en assumer leur part. C'était l'ordre normal des choses et l'usage dans les familles : leur mère elle-même n'aurait pas songé à en concevoir un autre.

Il fut donc tacitement entendu que l'ensemble des tâches de la maison serait le lot de ma grand-mère et de ses sœurs. Cette dévolution prioritaire n'interdisait naturellement pas qu'on fît aussi appel à leurs services pour collaborer aux travaux de la ferme.

Ainsi, tout paraissait arrangé pour le mieux. Et quand Donatienne, après avoir pataugé toute la journée dans la boue et le fumier, trottiné du cellier à la grange et de l'étable aux labours, venait étendre son corps recru de fatigue sur le grabat conjugal et murmurait sa prière du soir en joignant sur le drap rêche ses mains aux doigts rongés par les lessives, elle ne manquait jamais de remercier le bon Dieu de ses bienfaits avant de s'endormir, apaisée, sur la vision d'un monde en ordre.

Ma grand-mère ne m'en dit pas davantage ce premier jour.

C'était assez pour émouvoir l'enfant que j'étais, puisque après tant d'années, la mémoire de ces instants est demeurée vivace dans mon esprit. Il me suffit de fermer les yeux pour me retrouver assis sur mon petit banc dans la luxuriance des capucines qui recouvrent la balustrade du perron. J'entends sous la voix de ma grand-mère le harcèlement menu du cliquetis des aiguilles qu'elle continue à manier en me parlant, tandis que les merles du jardin font assaut de trilles dans le crépuscule attiédi et que le rouge somptueux de la grenadine étincelle sous les rayons du soleil couchant.

Je dus attendre notre deuxième "entretien" pour voir apparaître le coffret de marqueterie sur la table du perron : c'était une ravissante boîte à bijoux Charles X en bois de rose incrusté de nacre à laquelle ma grand-mère tenait comme à la prunelle de ses yeux. Sa minuscule serrure à secret m'intriguait depuis longtemps, mais il m'avait été intimé défense absolue d'y toucher. Je compris qu'il s'agissait d'un cadeau que mon grand-père avait fait un jour à sa jeune femme : "Une grande folie…", m'avoua-t-elle avec un sourire dans les yeux. Il est vrai que la splendeur de l'objet surprenait un peu au milieu de notre mobilier assez fruste, mais je suis heureux de penser aujourd'hui que ce menu chef-d'œuvre exemplaire des grâces les plus frêles de l'inutile n'avait survécu à un siècle de prodigalité désinvolte que pour fournir à mon grand-père l'occasion d'un joli geste d'amour.

Ma grand-mère ne possédait guère de bijoux, mais elle rangeait dans son coffret des trésors d'un autre genre. Parmi les documents qu'elle en retira avec autant de révérence que si elle dévoilait le saint sacrement, il y avait une extraordinaire photo de sa famille, prise à la ferme en 1886, à l'occasion des noces d'or des parents de Donatienne.

L'opérateur avait installé son trépied dans la cour, à côté de la fosse à purin, et il avait disposé ses personnages dans l'angle que la grange fait avec les étables. Le battant supérieur d'une des portes est rabattu, et on distingue dans l'ombre de l'ouverture la tête d'une vache intriguée par ce remue-ménage.

Toute la famille est groupée autour des jubilaires : ma grand-mère m'explique qu'il s'agit là des frères et des sœurs de sa mère, accompagnés de leurs conjoints et de la ribambelle de leurs enfants. Le plus jeune n'a guère plus d'un an : il est blotti dans le giron de ma trisaïeule, l'héroïne de la fête, qui est la seule, avec son mari, à avoir droit à une chaise. Les autres sont répartis tout autour en trois rangées, les enfants les plus jeunes assis au premier plan sur quelques couvertures artistement déposées à même le pavage grossier de la cour.

Ils sont bien une trentaine en tout, tête nue sous le léger soleil, à regarder l'œil rond de la boîte à images avec une gravité soigneusement composée. J'imagine que sous la toile noire dont il vient de se couvrir la tête, l'officiant poursuit son verbiage de camelot tout en brandissant la poire qui va déclencher le miracle. J'ai beau passer tous les visages en revue : je ne découvre pas un sourire. Il paraît que j'ai tort de m'en étonner. Une photographie de ce genre était un événement qui marquait dans l'histoire d'une famille et qui ne prêtait nullement à rire : "D'ailleurs, conclut doucement ma grand-mère, il n'y en a pas eu d'autre. Pour la plupart de ces gens, cette image est la seule trace qui demeure de leur passage sur la terre."

De toute évidence, ils ont revêtu leurs habits du dimanche, qu'ils portent aussi aux enterrements : à l'exception de quelques enfants, tout le monde est en noir. Deux ou trois femmes, tout de même, se sont accordé l'une ou l'autre fantaisie dans l'espoir d'atténuer la sévérité de leur robe, mais l'audace ne va pas plus loin que le tulle blanc d'une gorgerette, l'argent d'une broche un peu vive ou quelques ornements de brandebourg aux boutonnières du corsage.

Je reconnais tout de suite ma grand-mère à l'espèce de feu qui habite son regard. Elle s'est plantée à l'avant-plan du groupe, entre deux garçons efflanqués et boutonneux qui doivent être ses frères. A côté d'eux, elle paraît étonnamment menue et fragile, mais je retrouve cette façon qu'elle a de tenir la tête fièrement levée : je ne suis jamais parvenu à savoir si c'était pour lancer un défi au destin ou pour dissimuler les fanons d'un menton un peu flou.

Je l'interroge sur ses frères : je veux savoir si l'analyse du bilan familial permettrait d'alléguer que leur réussite balance au moins son sacrifice. La question paraît l'embarrasser. Elle tricote un moment sans me répondre. J'insiste. Elle me révèle enfin que le futur maître d'école est mort de la tuberculose à vingt-deux ans.

“Et François ?”

Cette fois, elle ne parvient plus à dissimuler sa gêne. Pour faire diversion, elle me propose un verre de grenadine.

Je ne lâche pas prise. Elle hausse les épaules. Je finis par apprendre que le garçon s'est fait expulser du séminaire pour mauvaise conduite. Quand je lui demande ce qu'il est devenu, elle se borne à me répondre qu'il a “mal tourné”. Je ne sais pas ce que cela veut dire, mais je pressens que l'expression implique la ruine définitive de l'individu. Je devine aussi à la sécheresse du ton de ma grand-mère qu'elle ne m'en apprendra pas davantage.

Cette élection de deux jeunes vies par le mystère du malheur m'impressionne vivement. Une nouvelle fois, j'interroge l'image imprimée sur le carton dans l'espoir de découvrir sur les traits des deux frères quelque signe annonciateur de la foudre qui va les frapper. Curieusement, j'éprouve le sentiment que leur visage est plus pâle que celui de ma grand-mère, comme si le temps avait déjà commencé d'estomper leur figure. Je dédie en secret une pensée compatissante à ces deux destins brisés.

Je remarque en retournant la photo qu'une main inconnue a pris soin de reproduire au verso la composition du groupe et d'y noter les noms des personnages représentés. J'apprends ainsi que ma grand-mère s'appelle Thérèse-Augustine. La consonance de son prénom me ravit : mon enthousiasme la fait rougir comme une jeune fille. Ce que je n'ose pas lui avouer, c'est que je n'avais jamais imaginé que ma grand-mère pût avoir un prénom.

Ce que je n'avais pas imaginé non plus, c'est qu'elle possédait une personnalité beaucoup plus complexe que l'adorable petite dame qui partageait mes jeux, relisait avec application mes devoirs de vacances et me bordait dans mon lit.

A vrai dire, je ne m'étais jamais posé la moindre question à son sujet : elle était ma grand-mère. Le fait appartenait à l'ordre des évidences cosmologiques, comme l'eau qui emplit la mer ou les étoiles qui peuplent le ciel pendant la nuit. Une fois pour toutes, j'avais rangé au nombre des agréments de ma destinée sa réapparition au retour de la belle saison. Il était écrit quelque part dans le grand livre du monde qu'au lendemain du jour où la distribution des prix aurait refermé l'année, je retrouverais ma grand-mère à Bruges avec les premières groseilles, les longs crépuscules dorés et le bourdonnement des nuées de hannetons dans le feuillage du mûrier. Je savais qu'elle se trouvait aussi heureuse de m'accueillir que je l'étais de la revoir, et cela suffisait à apaiser la curiosité que je pouvais nourrir à l'égard de ses états d'âme.

Je ne commençai à prendre conscience de la multiplicité du personnage qu'à partir de l'instant où je devins le témoin privilégié de ses soliloques d'avant-soirée entre les capucines du perron. Mais j'ai mis des années à comprendre d'où elle tirait cette extraordinaire force de caractère qui la séparait du commun et faisait d'elle un être dont la vitalité et l'invention paraissaient inépuisables. Je crois qu'elle en devait la plus grande part à cette grâce particulière dont le ciel l'avait auréolée à la naissance : celle de prendre, au sens littéral des termes, ses désirs pour des réalités. Cette orientation de sa nature, qui l'inclinait à la manière des enfants à accorder la prééminence à l'imaginaire sur le réel et la portait la plupart du temps à adopter comme ligne de conduite le contre-pied du convenu, était une source de constantes surprises pour ses proches.

En revanche, si on envisageait les choses comme elle les voyait elle-même, la disposition de son esprit présentait l'avantage apaisant de l'installer en permanence dans la certitude de son bon droit : la hardiesse dont elle faisait preuve en toutes circonstances et qui l'aurait conduite, s'il l'avait fallu, à dire son fait au pape, la détermination qu'elle mettait dans l'accomplissement du moindre de ses projets, le mépris absolu dans lequel elle tenait le *qu'en-dira-t-on* (l'épisode de la trompette n'en est qu'un exemple parmi d'autres), étaient la monnaie courante de ses vertus.

Comme elle ne pratiquait guère la litote et qu'elle avait tendance, quand elle ne se croyait pas observée, à exagérer l'expression de ses sentiments, il m'arrivait de voir son visage, d'ordinaire souriant, se décomposer sous l'empire d'une douleur soudaine, devenir livide comme celui de Gaby Morlay dans le film *Accusée, levez-vous !* que nous avions été admirer ensemble au *Vieux Bruges.* Le plus souvent, le phénomène, qui pouvait être suscité par les causes les plus futiles, comme un rôti trop cuit, des lunettes égarées, se produisait sans que rien l'eût annoncé. Elle fermait alors les yeux, se passait lentement la main sur le front, et murmurait : "Je suis désespérée !" avant d'aller s'enfermer un moment dans les toilettes. Je l'ai toujours beaucoup admirée dans ces moments-là : j'aurais voulu grandir pour être désespéré moi aussi.

Il n'est pas douteux qu'elle pouvait devenir implacable lorsqu'elle estimait que ses droits fondamentaux étaient menacés. Comme elle avait des nerfs très fins et une vive imagination de tout ce qui était susceptible de la blesser, il était pratiquement impossible de la surprendre hors de sa garde. Il suffisait d'une phrase maladroite, d'un geste qui lui déplût pour qu'elle entrât en guerre. En apparence, aucun changement n'était perceptible dans son attitude : sous le chignon de ses cheveux blancs et toute cette gracieuse composition de rides qui se mettaient plaisamment à sourire en vous parlant, elle continuait d'offrir aux regards le maintien modeste de la dame bien élevée à qui chacun aurait donné le bon Dieu sans confession. Qui pouvait pressentir qu'elle était occupée à tenir commerce avec sa fureur dans les sombres cavernes de son esprit ?

Elle avait gardé de son enfance assez misérable le sentiment de l'injustice du monde : en réalité, elle ne pardonna jamais à son père la violence qu'il lui avait faite en la retirant de l'école à douze ans. Ce fut le vrai drame de son existence : un demi-siècle plus tard, l'amertume d'avoir été flouée la tenaillait toujours.

Elle me raconta avec beaucoup de passion tout ce qu'elle avait tenté pour se libérer de la tutelle de sa famille.

Comme elle détestait les travaux trop lourds qu'on lui imposait à la ferme, elle avait supplié d'être mise en apprentissage dans une maison de couture. Ses parents refusèrent tout net. Le différend dura des années avant de dégénérer en conflit ouvert : un jour Thérèse-Augustine quitta la maison pour se réfugier chez une voisine.

C'est une des rares occasions où j'ai vu ma grand-mère manifester un peu d'embarras en se racontant devant moi, comme si, après tant d'années, l'audace de son geste, scandaleux pour la société du temps, l'effrayait encore.

Son obstination eut finalement gain de cause : la voisine joua les bons offices et la fit accueillir comme apprentie modiste dans une maison montoise. Thérèse-Augustine apprit à faire des chapeaux. Elle avait dix-huit ans.

Je crois qu'elle fit la connaissance de mon grand-père dans les semaines qui suivirent. Sur les circonstances de leur rencontre et la naissance de leur amour, elle se montra d'une discrétion totale. Elle m'avoua simplement que le temps des fiançailles fut bref.

Il y a quelques années, en remuant de vieux papiers, j'ai retrouvé l'acte de naissance de mon père. Il m'a appris ce que les réticences embarrassées de

Thérèse-Augustine m'avaient laissé pressentir : mes grands-parents ont mis beaucoup de hâte à s'aimer.

Il est probable que c'est au cours des années d'humiliation qu'elle avait connues à la ferme que Thérèse-Augustine acquit le goût de se créer des compensations dans l'univers du songe et d'imaginer au profit de ceux qu'elle aimait les avènements glorieux qu'elle n'avait pas le bonheur de vivre pour son compte. Dès qu'elle eut conquis sa liberté, elle décida d'organiser son avenir en se mettant corps et âme à la disposition de l'homme qu'elle avait choisi. Toutes les attentes que sa vie avait déçues, toutes les impatiences qu'elle avait dû contenir au temps de sa condition servile, tous les fantasmes que son cœur de jeune fille avait conçus durant ses nuits solitaires à la ferme, lorsque, dans le carré de ciel de sa lucarne, l'incessante germination des astres paraissait lui faire le signe d'une promesse, elle les vit renaître au lendemain de son mariage avec la vigueur nouvelle que leur conférait l'éveil de sa sensualité. Il lui était enfin permis de donner congé au fantôme de son propre échec, puisque le destin venait de dresser devant elle un corps vivant qui incarnerait désormais ses espérances.

Du jour au lendemain, elle cessa donc de s'intéresser à elle-même et elle se mit à "rêver" mon grand-père en remplaçant peu à peu l'homme qu'elle avait épousé par un personnage de son imagination, qu'elle continuait à appeler Bernard, qui, physiquement, ressemblait trait pour trait à son mari, mais en qui il ne se fût sans doute pas reconnu.

Comme il était un peu hâbleur et qu'il ne détestait pas évoquer sur l'oreiller ses prouesses professionnelles pendant les entractes de leur jeune passion, il ne se rendit pas compte qu'il prêtait la main à sa propre métamorphose : au bout de quelques semaines, ma grand-mère était persuadée que la nation tenait en lui le Napoléon du rail, l'Alexandre du réseau, le Colbert de l'aiguillage, et qu'il était difficilement imaginable qu'un train pût encore circuler à travers le pays sans qu'il y fût pour quelque chose. Comment admettre qu'un pareil prodige continuât à moisir dans une situation subalterne et se vît ballotté d'une province à l'autre au gré des mouvements de valse des mutations arbitraires ?

Résolue à réclamer justice, elle projeta aussitôt avec une ingénuité totale d'assiéger ce *haut lieu* tout-puissant dont elle venait d'apprendre l'existence : à l'insu de mon grand-père qui acceptait l'encens, mais n'eût pas toléré l'imprudence, elle adressa un placet en bonne et due forme à la direction générale des Chemins de fer.

Dès le surlendemain, elle se mit à guetter le courrier. Je suis certain qu'elle voyait déjà son mari galoper en tête dans la course à la réussite professionnelle où elle venait de l'aligner. Ce qu'elle ignorait, c'est qu'elle s'était trompée de cheval. Mon grand-père – gloire à son âme innocente ! – n'avait pas été gratifié par la nature de l'impudence et de la souplesse d'échine qu'exigeait cet exercice.

De toute manière, la question ne se posa même pas : elle ne reçut jamais de réponse à sa lettre. Si j'évoque celle-ci, c'est parce qu'elle inaugura le parcours d'épistolière dans lequel ma grand-mère allait se montrer infatigable tout au long de sa vie. Comme elle croyait dur comme fer aux vertus de la communication, à l'utilité de la plaidoirie, au pouvoir contagieux des convictions fortes (des siennes en particulier), elle consacra jusqu'à son dernier jour une part notable de son temps à adresser d'innombrables missives aux correspondants que lui suggéraient les circonstances : le percepteur, le bourgmestre, les voisins, la police, le crémier, les journaux...

Parmi toutes les images de mon enfance, c'est sans doute l'une de celles qui m'est restée le plus tendrement présente à la mémoire : ma grand-mère assise devant moi à la table de la salle à manger. Elle se penche avec application, la plume à la main, sur ce papier bleu azur aux bords légèrement festonnés qu'elle utilisait toujours. J'observe la progression de son écriture avec une attention qui se fonde moins sur la considération que j'éprouve à l'égard de sa tâche que sur l'attente d'un moment privilégié : celui où, son office terminé et la lettre glissée dans l'enveloppe, elle fermera celle-ci d'un preste coup de langue, rituellement répété à mon adresse dès qu'elle aura croisé mon regard pardessus ses lunettes.

THÉRÈSE-AUGUSTINE N'AVAIT JAMAIS cru au hasard. Mon irruption dans sa vie à l'heure où elle se demandait ce qu'elle allait faire des années qu'il lui restait à passer sur la terre lui apparut comme un clin d'œil de la Providence. Ce n'était sûrement pas sans intention qu'au creux le plus noir de la solitude et du désœuvrement qui l'accablèrent au lendemain de la mort de son mari, la fortune lui avait jeté dans les bras cet enfant qui se trouvait être de surcroît le fils de son fils. Il était clair qu'il y avait là-dessous un projet des Puissances.

C'est ainsi, comme tout son être l'y inclinait, qu'elle fit de moi le dépositaire de ses rêves, aussi naturellement, que dans le cours d'une addition, on reporte un total provisoire d'une colonne sur l'autre. Elle escomptait qu'avec son aide et un peu de chance, j'assumerais dans le monde des hommes la part brillante de son destin qu'elle n'avait pas vécue : déjà elle se sentait prête à construire en esprit l'existence nouvelle qu'elle connaîtrait un jour sous le déguisement de ma personne.

Elle se rendait parfaitement compte que le temps mesuré dont elle disposait ne jouerait pas en sa faveur : deux mois par an, c'était bien court pour séduire et former l'esprit tout neuf en qui elle espérait se dédoubler à la façon du *doppelgänger* d'Hoffmann. Il fallait pourtant qu'elle s'en accommodât.

Comme elle poussait jusqu'au scrupule le souci de la perfection, la première tâche qu'elle se prescrivit fut de recommencer ses classes : sous couleur de relire mes devoirs de vacances, elle refit pour son propre compte le chemin que j'avais parcouru durant l'année scolaire. Plus d'une fois, je la surpris en train de fureter dans mon cartable pour y dénicher ma grammaire ou mon livre de calcul.

J'imagine qu'à ma place, la plupart des autres enfants auraient éprouvé un peu d'irritation devant un intérêt aussi envahissant. Mais j'aimais assez l'étude moi-même pour admettre qu'une autre personne pût y trouver de l'agrément.

J'appartenais sans effort ni mérite particulier à la famille biologique des "bons" élèves qui s'amusent à l'école et absorbent ce qu'on leur enseigne avec une avidité d'éponge. C'est dire qu'à mes yeux la connivence de ma grand-mère était plus un ferment d'excitation qu'une source d'agacement.

Elle connaissait le nom et le prénom de mes camarades d'école, singulièrement de ceux qui concouraient avec moi pour la première place. Lors de la lecture commentée de mon bulletin annuel qui avait lieu rituellement en présence de mes parents le jour de notre arrivée à Bruges, elle ne manquait jamais de s'informer longuement à leur sujet : elle m'interrogeait sur leurs goûts, leurs habitudes, leur milieu familial, passait en revue leurs qualités et leurs défauts, hochait la tête d'un air entendu quand elle leur découvrait un point faible, et, au bout du compte, prédisait invariablement leur déconfiture. Il y avait entre autres un certain Ferdinand Bisieaux, qui fut mon rival durant tout le temps de l'école primaire et qui poussa même l'insolence jusqu'à me devancer une ou deux fois : ce garçon qu'elle n'avait jamais vu, et avec qui je m'entendais parfaitement, était devenu sa cible favorite. Comme elle ne manquait pas d'esprit, mes parents riaient de bon cœur en l'écoutant. Mais je suis sûr qu'au fond d'elle-même, elle n'était pas loin de penser tout le mal qu'elle en disait.

Je découvris un jour qu'elle avait pris l'habitude de lire à mon insu les mêmes romans que moi. Un matin, je m'aperçus que le volume abandonné la veille sur mon lit avait disparu pendant mon sommeil. Je me disposais à accuser le fantôme de la maison, lorsque j'eus l'idée de confier à ma grand-mère l'étonnement que je ressentais en découvrant sur la table du salon le Jack London ou le Mark Twain sur lequel je m'étais endormi la nuit précédente : elle m'avoua sans se troubler qu'il n'y avait sous notre toit d'autre fantôme qu'elle-même.

Quand je me reporte à ces années lointaines, je retrouve avec une acuité intacte la petite souffrance qui me mordit le cœur à cet instant. Le baiser que ma grand-mère me donnait au seuil de la nuit était un rite de bonheur auquel je n'aurais renoncé pour rien au monde. A l'heure où, ma fenêtre ouverte sur la soirée d'été, la pénombre qui envahissait ma chambre m'obligeait à délaisser mon livre, je m'astreignais à rester éveillé jusqu'au moment où j'entendais son pas dans l'escalier. Je fermais alors les yeux pour simuler le sommeil et savourer en silence la caresse de la vieille main bosselée et sèche qui m'effleurait le front tandis qu'une bouche bien-aimée cherchait ma joue dans le noir.

Je pense qu'elle aurait été fort étonnée d'apprendre que son aveu avait altéré dans mon esprit la pureté de cet instant de complicité amoureuse. Durant plusieurs semaines, en dépit du plaisir que j'éprouvais en songeant qu'elle trouvait autant d'attrait que moi aux récits qui me passionnaient, je ressentis comme le pincement d'une trahison à la pensée qu'elle pût avoir en m'embrassant un autre souci que celui de me dire au revoir, et il me fut impossible d'effacer de ma mémoire l'image de cette autre main tâtonnant sur la table de chevet à la recherche de mon livre.

Ma grand-mère ne possédait aucune culture littéraire. Soumise dès la naissance aux lois d'un milieu social qui considérait la lecture comme un luxe interdit aux femmes, mariée très jeune à un homme qui ne s'intéressait qu'à sa profession, bientôt chargée d'enfants, elle avait passé sa vie à sécher sur pied dans une grande faim d'évasion mentale entre les tyrannies de la marmaille et les urgences du pot-au-feu, pour se retrouver, la soixantaine venue, avec une voracité intacte, des loisirs inattendus, et tout aussi ignorante qu'à vingt ans.

Comme elle n'était pas femme à se résigner sans combattre, l'idée lui vint un matin qu'il n'était peut-être pas trop tard pour regagner une partie du temps perdu. Mais elle ne se décida pour de bon qu'au lendemain de la mort de mon grand-père. Elle se mit alors à fréquenter avec assiduité la bibliothèque communale. Au cours des premières semaines de son deuil, sa visite hebdomadaire à la place Jean-Van-Eyck fut même l'unique sortie qu'elle s'autorisât. Les promeneurs des après-midi de printemps occupés à rêver du côté de la Loge des Bourgeois et de l'ancien Tonlieu croisaient le vendredi vers la tombée du jour une petite dame serrant deux ou trois volumes sous le bras qui trottinait dans la direction de la rue des Pierres sans se rendre compte que sa toque de fourrure était comiquement posée de travers sur ses cheveux blancs. Il arrivait à certains de se détourner en l'apercevant à cause de cet air de grande solitude qu'ils lisaient sur son visage.

Ainsi qu'on pouvait l'espérer, le temps fit son œuvre dans l'esprit de ma grand-mère. Au fil des mois, la pratique des livres dans laquelle elle n'avait vu à l'origine que le symbole de sa libération et l'instrument d'une revanche sur le destin, finit par se muer en passion toute pure. Elle connut la surprise d'accueillir en elle, avec la violence des tentations majeures, le besoin de dévorer le monde des autres pour en faire sa substance. Mais comme elle ne disposait pas des instruments de mesure qu'une éducation élémentaire aurait pu lui apporter, elle ne parvint jamais à faire la distinction entre le meilleur et le pire : sa disponibilité permanente à l'égard de tous les dépaysements de l'imaginaire l'amenait à absorber avec la même avidité Balzac et Paul Bourget, Zola et Marcel Prévost, Maupassant et Henry Bordeaux. Chaque lecture lui ouvrait les portes d'un *ailleurs* fabuleux, étranger aux mesquineries de la vie quotidienne, où tout était signe et couleur, innocence et plaisir.

Il était inévitable qu'en me voyant plongé à toute heure du jour dans ces récits d'aventures qui avaient assez d'empire sur mon esprit pour que j'en oublie l'heure des repas, elle en arrivât à s'intéresser elle-même à mes lectures. C'était d'ailleurs tout à fait dans la ligne du plan qu'elle avait conçu à mon sujet.

Ce qu'elle n'avait pas prévu, c'est qu'elle se prendrait au jeu, et qu'après avoir dévoré en deux ou trois semaines tout le lot de livres que j'avais apportés dans mes bagages, elle me presserait de l'accompagner à la bibliothèque pour l'aider à en choisir d'autres.

En fait, nous possédions beaucoup de traits communs : comme moi, elle prenait tout ce qu'elle lisait pour argent comptant et elle engageait son être entier dans l'entreprise de la lecture jusqu'à mener en compagnie de ses héros une existence parallèle à celle qui était la sienne au milieu des hommes. Cette aptitude à déserter la réalité au profit des prodiges de la vie rêvée lui aurait sans doute valu un certain nombre de déboires dans la société locale, si elle n'avait possédé la maîtrise absolue d'un talent que je n'ai connu à personne d'autre : celui de s'absenter à volonté de la conversation sans que son interlocuteur s'en aperçût. Elle était tout à fait capable de faire excellente figure dans un salon et de prononcer à point nommé les paroles qui conviennent tout en se trouvant par la pensée à des milliers de kilomètres. Elle pouvait articuler d'une voix désabusée : "Il est bien vrai, chère madame, qu'il n'y a plus de saisons", pendant qu'elle galopait en esprit avec le dernier des Mohicans dans la vaste plaine de l'Hudson.

Je me souviens qu'elle m'a fait un jour l'aveu d'une *distraction* de ce genre en pouffant derrière sa petite main gantée, tandis que nous passions la porte Maréchale en revenant d'un de ces *thés de veuves* auxquels il arrivait qu'elle fût conviée à Saint-André. Je me revois en train d'en rire avec elle. Il est vrai qu'à beaucoup d'égards, nous avions le même âge.

Sans que nous l'eussions prémédité le moins du monde, notre vie en commun s'était organisée d'elle-même autour d'un certain nombre d'habitudes dont quelques-unes avaient acquis au long des années une sorte de dignité rituelle.

J'ai déjà évoqué ces instants privilégiés des fins d'après-midi où, rentrant du jardin après avoir longuement robinsonné dans les arbres, je retrouvais ma grand-mère et son tricot sur le perron : cette trêve d'une heure qu'elle s'accordait avant le dîner était un des seuls moments de pur loisir où nous avions l'occasion d'être ensemble. Comme je savais que cette halte était un des bonheurs de sa journée, je m'efforçais d'être à l'heure au rendez-vous. Mais pour être franc, c'était moins le souci de ne pas lui faire de peine qui occupait ma pensée que la curiosité du programme qu'elle allait me proposer ce soir-là. Car les bâtons rompus n'étaient pas son fort et elle n'abandonnait jamais au hasard le soin d'organiser notre conversation.

Chaque fois qu'elle se sentait en veine de confidences, elle reprenait le cours de la chronique familiale dont elle avait commencé de dérouler le fil quelques semaines plus tôt. Mais il arrivait aussi qu'elle me suggérât une "récréation". Son esprit lui soufflait quantité d'idées dont l'invention et la diversité m'étonnaient toujours : elle se plaisait par exemple à élaborer des *concours* fondés sur les souvenirs que nous avions gardés de nos lectures communes. Elle agençait le jeu avec assez d'adresse pour me permettre d'oublier que j'en étais l'unique participant. Si bien qu'à l'issue de l'épreuve, je trouvais parfaitement naturel que ma sagacité se trouvât récompensée par l'habituel berlingot de pâte d'amandes destiné au lauréat.

J'imagine que, dans la pensée de ma grand-mère, ces séances faisaient partie du plan d'éducation qu'elle avait mitonné à mon sujet. Mais quelle qu'en ait été l'intention, il n'est pas douteux que la subtilité de leur inspiration en aurait remontré à bien des pédagogues : le tour à la fois plaisant et imprévisible des fabulations qu'elles mettaient en œuvre s'accordait à merveille avec ce goût de l'étude associé à la passion du jeu qui, en ce temps-là déjà, était une des particularités de ma nature.

Je n'ai pas gardé le souvenir de tous les sujets que nous avons abordés en ces circonstances. Mais il est une de ces séances au moins dont le plus petit détail est demeuré présent dans ma mémoire : celle où, pour les besoins du concours qui m'était proposé, ma grand-mère m'apprit à utiliser le dictionnaire.

Le respect sans limites qu'elle nourrissait à l'égard de toutes les expressions de la culture s'étendait naturellement à ses instruments. L'autel réservé dans les maisons romaines au culte des dieux domestiques était figuré chez nous par l'étagère du salon où le *Nouveau Petit Larousse illustré* trônait à côté de *la France pittoresque*, des *Fables* de La Fontaine, de *la Légende des siècles*, et – Dieu sait pourquoi ! – de *la Harpe d'Armorique* d'Auguste Brizeux.

Le volume à la fleur de pissenlit semée au vent représentait pour ma grand-mère une manière d'oracle qui était censé avoir réponse à tout. Elle le consultait non seulement pour apaiser ses anxiétés orthographiques lorsqu'elle entreprenait d'écrire à l'un de ses multiples correspondants, mais chaque fois que la vie lui posait un problème dont la solution ne se trouvait pas dans son livre de cuisine. Elle entretenait avec lui les rapports de déférence précautionneuse qui unissent une dévote à son missel, et elle savourait le texte de ses définitions comme autant de friandises.

En ce qui me concerne, je ne connaissais l'ouvrage que par le crédit dont il jouissait dans l'esprit de ma grand-mère : l'instituteur de mon village ne l'utilisait pas en classe et mes parents paraissaient le dédaigner au profit du dictionnaire en six volumes dont l'aspect monumental m'avait toujours découragé.

Un après-midi de juillet, dans le cours d'une de ces épreuves dont j'ai parlé, le *Petit Larousse* aboutit pour la première fois sur la table du perron.

J'avais mission de rechercher un tableau qui illustrât une des campagnes de l'Empire. Comme ma grand-mère avait maintes fois constaté que les exploits de l'épopée napoléonienne enflammaient mon imagination, elle n'avait évidemment pas choisi le sujet en toute innocence. Au hasard des pages, mon regard tomba sur le *1814* de Meissonier, qui m'était inconnu. Le choc fut considérable : le spectacle de la plaine enneigée où le vaincu de Borodino, la main posée sur l'estomac, chevauche mélancoliquement à la tête du cortège de ses maréchaux frigorifiés, sous l'œil de la piétaille massée en flanc-garde qui voit "pour la première fois l'Aigle baisser la tête", me bouleversa si profondément qu'en dépit des efforts que je fis pour dissimuler mon émotion, je ne pus m'empêcher de verser quelques larmes.

Mon trouble enchanta si fort ma grand-mère qu'elle céda dans l'instant à la tentation de faire défiler devant moi la série complète des seize "planches Beaux-Arts" du dictionnaire. Au cours de la demi-heure suivante, j'encaissai sans aucun ménagement *les Funérailles d'Atala, l'Appel des dernières victimes de la Terreur, la Barque de Dante, l'Assassinat du duc de Guise, les Pestiférés de Jaffa, le Serment du Jeu de paume, le Radeau de la Méduse,* et quantité d'autres œuvres du même genre à forte connotation historico-sentimentale.

La charge émotionnelle dégagée par ce panoramique accéléré était assez intense pour mettre hors de soi un garçon de mon âge dont la curiosité ne connaissait pas de bornes, mais dont la culture historique et picturale était à peu près nulle. Lorsque ma grand-mère en arriva à la dernière planche *(Thomyris faisant plonger la tête de Cyrus dans un vase de sang)*, je me trouvais dans un état d'excitation difficile à décrire.

Car chaque tableau que me proposait ma grand-mère éveillait vingt questions dans mon esprit. Aucune, il faut le dire, ne concernait les peintres eux-mêmes, à l'égard de qui la qualité détestable des reproductions du *Petit Larousse* m'incitait à demeurer sans opinion.

Ce qui motivait mon intérêt et mes questions, c'étaient les sujets traités : ils évoquaient la plupart du temps des personnages dont je n'avais jamais entendu le nom, mais dont l'aventure paraissait les situer hors du commun. Est-il besoin d'ajouter que mon désir d'en savoir davantage sur leur destin s'accroissait subtilement du fait que les titres dont les peintres avaient affublé leurs œuvres semblaient se draper à plaisir dans le mystère de leurs constituants lexicaux ?

Que pouvait bien signifier le mot "excommunication" ? Quel crime avait commis le roi Robert pour encourir une peine au nom aussi redoutable qui lui valait de se retrouver abandonné sur son énorme trône au fond d'une salle désertée, avec sa couronne sur la tête et une femme éplorée dans les bras ?

J'aurais aimé recueillir un certain nombre de précisions sur les Thermopyles : il me tardait d'apprendre pourquoi cet étrange Léonidas, après avoir jugé bon de se mettre tout nu pour combattre, n'était pas parvenu à attirer l'attention de ses ennemis qui lui tournaient le dos en lançant des couronnes au hasard.

Je brûlais de savoir pourquoi les "énervés de Jumièges", prostrés au fond de cette barque dérivant au fil de l'eau, répondaient aussi mal à la conception que je me faisais d'un état où je voyais fréquemment ma mère.

Mais surtout, comme j'étais toujours prêt à m'attendrir sur l'infortune d'autrui, je me demandais quelle terreur pouvait paralyser à ce point les enfants d'Edouard sur leur lit à baldaquin et à courtines.

Hélas ! J'étais incapable de répondre à toutes ces questions. Le drame, c'est que ma grand-mère n'était pas mieux informée. La merveille, c'est qu'elle aurait donné comme moi quelques berlingots de pâte d'amandes pour apprendre ce que nous ignorions l'un et l'autre. Notre plaisir, notre fastueux, notre somptueux plaisir fut d'associer nos ignorances et notre curiosité pour découvrir ensemble les réponses qui nous manquaient.

Je revois le duo d'amoureux que nous formions durant ces quelques heures qui ont compté dans ma vie. Thérèse-Augustine avait déniché une loupe dans le tiroir de sa commode, et elle se tenait assise en équilibre précaire sur l'extrême bord de son fauteuil à bascule, analysant avec une attention bijoutière les plus minuscules détails d'un de ces petits rectangles noirâtres au tracé pâteux que Larousse intitulait pompeusement "planches en similigravure". Moi-même, j'avais quitté mon banc dans l'excitation de la recherche : je regardais par-dessus l'épaule de ma grand-mère en me demandant quelle était la race du petit chien des enfants d'Edouard.

La grosse chaleur était maintenant tombée. L'après-midi déclinait doucement vers le crépuscule. C'était l'heure où la grive filait sa note la plus pure. On entendait des voix dans les jardins. Bientôt, la tiède flambée du soir consumerait les dernières abeilles.

Je crois que je n'ai plus jamais été aussi heureux.

MA GRAND-MÈRE N'AIMAIT PAS LES entractes.

Lorsque les planches du *Petit Larousse* nous eurent enfin livré leurs ultimes secrets, elle ne songea pas à me renvoyer à mes jeux, comme d'autres l'auraient fait : elle décida au contraire qu'il était temps de passer aux travaux pratiques. Nous vivions aux portes mêmes d'une ville qui déroule aux regards du promeneur un des plus admirables musées qui soient. Thérèse-Augustine était certaine que mon esprit s'ouvrirait spontanément à la beauté si j'en parcourais les rues en sa compagnie.

Mais comme l'aventure récente du dictionnaire lui avait servi de leçon et qu'elle désirait éviter qu'une de mes questions pût la prendre en défaut, elle veilla à se consacrer d'abord à son propre apprentissage.

Elle me demanda un beau matin de l'accompagner dans une librairie de la Grand-Place pour acheter avec elle un guide de la ville. Dès le seuil du magasin, elle requit les services du gérant avec l'autorité courtoise du bibliophile de haut vol qui envisage l'acquisition d'un exemplaire de la Bible à quarante-deux lignes de Gutenberg. Au risque de mettre à bout de nerfs la jeune vendeuse qui nous avait été déléguée, elle se fit montrer tout ce que la boutique possédait sur Bruges, depuis la plus modeste brochure jusqu'au livre d'art le plus somptueux. Vingt fois, je pensai mourir de honte. En fin de compte, elle se résigna sur ma prière à faire choix d'un petit volume à la couverture bleu azur où la silhouette du beffroi apparaissait en surimpression sur les eaux mortes d'un canal ennobli par des cygnes.

J'imaginais naïvement que, dans son esprit, l'ouvrage était destiné à une consultation occasionnelle, et qu'en attendant il irait rejoindre *la France pittoresque* et *la Harpe d'Armorique* sur l'étagère du salon. Je me trompais : ma grand-mère le lut d'une traite le même soir. Elle le lut – j'entends qu'elle ne le parcourut point – elle le lut de la première à la dernière page, sans en passer une ligne. Et comme elle estimait qu'il n'est nullement indifférent qu'une chose se fasse ici plutôt que là (décrétant par exemple que si le fauteuil à bascule du perron s'accordait fort bien aux délices de l'imaginaire, il serait tout à fait impropre à une étude un peu sérieuse), elle s'installa bravement devant la table de la cuisine, à l'endroit même où elle m'imposait de faire mes pages d'écriture, sur une chaise de bois dont l'inconfort lui paraissait assez manifeste pour que la lucidité de son esprit fût préservée le temps qu'il faudrait.

Le soleil n'était pas couché quand elle m'envoya au lit ce soir-là, mais je lui fis promettre de m'appeler si je n'étais pas endormi, lorsqu'elle allumerait la lampe. Il faut savoir que nous nous éclairions encore au gaz dans la cuisine, et que le cérémonial qui présidait à l'allumage de la suspension m'enchantait toujours : j'appréciais particulièrement le pépiement d'oiseau modulé par la petite roue à poulie qui abaissait la lyre de cuivre jusqu'au niveau de la table. Ma grand-mère m'autorisait à la manœuvrer sous son contrôle, et, parfois, à porter moi-même l'allumette sous le manchon. Mais je ne profitai pas souvent de ce privilège : même en cette saison de longs crépuscules, nous avions l'habitude de nous coucher avec les poules.

Bien entendu, je m'endormis très vite. Tout ce dont je me souviens, c'est de m'être éveillé au cœur de la nuit, d'avoir descendu l'escalier à pas de loup, et de m'être tapi dans l'ombre pour observer ma grand-mère aux prises avec son exercice de chercheur d'or. Elle avait laissé la porte de la cuisine entrouverte, si bien que du palier je pouvais l'apercevoir de profil, isolée au cœur de la pièce obscure sous le cône de lumière un peu rose que l'abat-jour festonné de faïence rabattait sur la table. D'instinct, elle avait retrouvé une posture d'écolière, le livre posé à plat devant elle entre ses coudes, les poings aux tempes, les pieds repliés sous la chaise. Une mèche échappée à l'ordonnance de sa coiffure pendait le long de sa joue, accentuant encore l'impression de jeunesse que dégageait son attitude.

C'est à la lumière de souvenirs comme celui-là que je comprends aujourd'hui pourquoi je l'ai tant aimée.

Dès le lendemain, le petit volume devint le cicérone obligé des promenades qu'elle avait résolu d'entreprendre pour éveiller ma sensibilité aux splendeurs de la ville. Comme l'auteur de notre vade-mecum avait eu l'idée, assez originale pour l'époque, de proposer à son lecteur une série de circuits organisés sur une base thématique, j'eus droit successivement au Bruges historique, au Bruges artistique, au Bruges mystique, au Bruges hanséatique, et à quelques autres – ce qui ne pouvait manquer de satisfaire un esprit amoureux de la rigueur comme l'était ma grand-mère, mais présentait l'inconvénient de nous ramener deux ou trois jours de suite dans les mêmes rues, devant les édifices qui, à la façon de certains comédiens dans une distribution de théâtre, ont été appelés à jouer plusieurs rôles au cours de la longue aventure esthétique et dramatique de la cité. Ma grand-mère, toujours infatigable, se réjouissait de ces redites qui lui permettaient d'éprouver la qualité de mon attention et celle de ma mémoire. J'étais beaucoup plus réservé à ce propos, mais on a vu que ma compagne de promenade était assez adroite pour donner à ses questionnaires l'allure d'un jeu où j'avais l'occasion de briller, et je finissais toujours par me laisser séduire.

Dans l'ensemble, ce gymkhana intellectuel et pédestre était plutôt épuisant. En dehors de la gaufre et du chocolat chaud que nous prenions rituellement vers cinq heures dans une pâtisserie proche du beffroi, les seuls répits que connaissaient nos après-midi étaient les “pauses-lecture” que décidait inopinément ma grand-mère devant les monuments qui lui paraissaient dignes de cet honneur : elle s’arrêtait tout à coup en pleine rue, ouvrait son bréviaire à la page qu’elle avait préalablement marquée, et sans se soucier des passants, s’efforçait de m’infuser à haute et intelligible voix une part de la science de notre guide.

Elle avait été particulièrement frappée par les appréciations émises sur la ville par les illustres voyageurs qui l’avaient visitée au cours des temps : elle éprouvait une délectation particulière à relire le chapitre que l’auteur leur avait consacré, et elle ne se lassait jamais de m’en faire profiter. Comme elle était demeurée naïvement romanesque et qu’elle ne faisait aucun mystère du faible qu’elle avait pour les têtes couronnées, son émotion touchait presque aux larmes quand elle en arrivait à la réflexion altière et désabusée de la reine Jeanne de Navarre qui traîne depuis des siècles dans tous les livres d’histoire : “Je me croyais seule reine, et j’en vois des centaines autour de moi !” J’appris grâce à elle qu’Albert Dürer avait admiré la *Vierge à l’Enfant* de Michel-Ange dans l’église Notre-Dame et manifesté quelque ébahissement, lors d'un dîner où il fut convié, devant un plat à poissons long de dix-neuf pieds ; que Michelet, en voyage de noces dans notre ville, trouva le temps d'aller pontifier devant les tombeaux du Téméraire et de Marie de Bourgogne. Toutes informations qui m'intéressaient somme toute assez peu, mais qui semblaient passionner ma grand-mère. J'étais plus sensible aux citations des poètes qui s'adressaient à moi sans intermédiaire : sans doute y découvrais-je un avant-goût de la magie qui m'envoûterait plus tard dans l'exercice de l'écriture. Je trouvai beau que Bruges apparût aux yeux de Wordsworth comme un temple dont les rues étaient sacrées. Il me plut que Rainer Maria Rilke y vît "un musée d'images et de mirages". Et je frissonnai de plaisir en apprenant que Barrès avait visité la ville "un jour où on jouait de la musique triste sur le marché aux poissons".

Une fois de plus, nous ne savions ni l'un ni l'autre qui étaient ces personnages. Le *Petit Larousse* était fort avare de précisions à leur sujet, et Rilke n'y figurait même pas, ce qui nous attrista un peu. Mais la phrase de Barrès, que ma grand-mère me lut un jour sur le quai du Rosaire, m'a enchanté toute ma vie.

Ceci dit, j'ai bien peur que ses leçons d'art et d'histoire ne m'aient pas été d'un grand profit. Durant les quelques semaines de nos promenades brugeoises, mon esprit se trouva moins occupé de ce qu'elle tentait de m'enseigner que du spectacle que je découvrais autour de moi. Jusqu'alors, mon enfance villageoise et un certain côté farouche de ma nature m'avaient laissé fort ignorant du monde. L'épanouissement d'une foule en fleurs dans les rues d'une ville et l'ambiance de fête et de théâtre que cette parade colorée évoquait de façon naturelle étaient une nouveauté totale pour moi : on comprendra qu'en dépit de mon goût sincère pour l'histoire j'y aie pris plus d'intérêt qu'à la chronologie des ducs de Bourgogne ou aux étapes de la construction de l'église Notre-Dame.

Mon plaisir trouvait son apothéose le jour du marché où la Grand-Place se couvrait dès le petit matin d'un bivouac d'échoppes bâchées de blanc et d'éventaires de tout genre si étroitement enchevêtrés qu'il paraissait tissé d'une immense toile unique, comme si quelque vaisseau fabuleux, après avoir déferlé sa voilure, était venu s'amarrer au pied du beffroi à la faveur de la nuit. Il n'en fallait pas davantage pour que mon imagination, toujours disposée à donner créance aux mirages, admît qu'un caprice des puissances de la durée nous avait ramenés au temps où Bruges lançait ses caravelles sur la mer et accueillait dans ses comptoirs toutes les richesses d'Aladin.

Au commencement, il y avait la rumeur. Déjà perceptible à la hauteur de l'église Saint-Sauveur, alors qu'elle n'était qu'un murmure égratignant à peine la chair du silence, elle croissait à mesure que nous avancions dans la rue des Pierres pour se faire peu à peu bruissement, et ce bruissement s'enflait à son tour en gravissant les degrés de l'échelle sonore jusqu'à emplir l'espace tout entier dès notre entrée sur la place, à la ressemblance de ce bourdonnement obstiné, entêtant et confus qui règne dans une salle de théâtre avant le lever du rideau.

Nous devions fendre la cohue pour pénétrer au cœur du campement de nomades qui dressait ses tentes devant nous. A dire le vrai, mon excitation n'était pas exempte d'inquiétude : la bousculade ne me faisait pas peur (je trouvais même un certain agrément à participer à l'affairement général), mais je craignais de perdre de vue le sac à provisions de ma grand-mère dans le labyrinthe des allées incertaines qui ménageaient un passage entre les étals. Je la suivais d'aussi près qu'il m'était possible, allant et venant comme elle du boulanger à la crémière, de la verdurière au charcutier, plongeant à son exemple dans ce bain bariolé de senteurs, de couleurs et de bruits d'où émanait une jubilation inexplicable et où elle s'aventurait sans en paraître étourdie.

Je déployais naturellement toute l'ingéniosité dont j'étais capable pour m'attarder devant l'étalage du confiseur qui était un des rares commerçants du marché à posséder une enseigne : il avait baptisé son échoppe *Aux Sept Couleurs* et il poussait la coquetterie jusqu'à respecter l'échelle des nuances du prisme dans l'alternance des bocaux à bonbons qu'il avait alignés à sa devanture, du mauve foncé des pastilles à la violette au rouge éclatant des cerises confites. Tout me plaisait dans cet assortiment multicolore, mais j'avais un faible particulier pour un berlingot aux fruits d'un vert profond moucheté d'or qui ressemblait à l'idée que je me faisais d'une émeraude. Chaque fois que le hasard nous ramenait devant la boutique de toile, je tentais de persuader ma grand-mère d'en goûter avec moi, mais elle avait décidé une fois pour toutes que les friandises me détraquaient l'estomac, et, à l'exception de la pâte d'amandes qui récompensait ponctuellement l'auditeur de ses mémoires, elle ne m'en offrait jamais. Ce coin du marché était d'ailleurs le seul où elle me prenait par la main. Je n'étais pas assez naïf pour imaginer qu'elle cédait ainsi à un subit accès de tendresse : c'était de toute évidence pour m'écarter plus rapidement de la zone des tentations.

Nous passions en revanche un temps considérable sous les colonnes toscanes où les poissonniers tenaient leur marché : pendant que ma grand-mère faisait son choix, j'avais tout loisir de contempler, sur le lit de glaçons où le marchand exposait sa marée, la subtile palette de couleurs que les diaprures délicates des daurades et le rose insistant des rougets opposaient à l'éclat métallique des grands cabillauds décapités.

Ce spectacle de mort me procurait un plaisir assez semblable à celui que je prenais aux irisations de la pluie sous ma voûte de verdure à Saint-André. Mais autant qu'il m'en souvienne, ce n'est pas à cette délectation de peintre, si intense qu'elle fût, que je devais l'essentiel du bonheur de l'instant : l'événement intérieur qui me figeait sur place et me retenait d'inciter ma grand-mère à abréger son habituelle palabre avec le poissonnier, c'était, plus que toute autre sensation, la volupté encore inconnue que j'éprouvais à humer, avec une gourmandise d'amant, à travers les vapeurs qui commençaient à s'exhaler en buée sous le léger soleil du matin de la litière de glace et de chairs mortes, la puissante odeur de fête sensuelle de la mer.

Du marché aux poissons, nous rentrions le plus souvent par le quai du Rosaire et le Dyver. Ma grand-mère avait une prédilection pour cet itinéraire qui lui paraissait favorable à ces "haltes-lecture" que j'ai déjà évoquées. Selon son humeur et le poids du sac à provisions, elle ordonnait la pause devant le palais Gruuthuse, l'église Notre-Dame ou la cathédrale Saint-Sauveur. Quand son cabas n'était pas trop chargé, il nous arrivait de pousser jusqu'au Béguinage. J'aurais souhaité rencontrer de temps à autre un banc au cours de ce trajet que je trouvais fort long. Mais ma grand-mère se souciait peu de ce genre de détails : elle s'arrêtait lorsque l'endroit lui paraissait convenir à l'exposé qu'elle avait résolu de prononcer, et l'encoignure d'une façade était pour elle une tribune qui en valait une autre.

La seule chose qu'elle oubliait généralement les jours de marché, c'est que sa brochure-bréviaire se trouvait enfouie sous les provisions au fond du sac. Nous n'étions pas trop de deux pour procéder à son exhumation qui distrayait agréablement les passants.

A force de les entendre lire et relire par ma compagne de promenade qui était, comme on sait, acquise aux vertus pédagogiques de la répétition, je connaissais par cœur certains passages de son guide. Il en est un qui m'exaspérait particulièrement : c'était un texte de l'introduction qui chantait les louanges du récit de Rodenbach, *Bruges-la-Morte.* Bien entendu, nous nous étions empressés, ma grand-mère et moi, d'emprunter le roman à la bibliothèque, et j'avais fait avec honnêteté l'effort de parcourir un ou deux chapitres de ce livre qui n'était pas de mon âge. Pour une fois, nos sentiments ne s'accordaient guère. Thérèse-Augustine lui concédait du charme. Je trouvais ce que j'avais lu non seulement larmoyant et déclamatoire, mais tout à fait infidèle à la vérité : Bruges était pour moi une ville bien vivante. Mélancolique, mais vivante : les morts ne sont pas tristes. J'aurais été incapable d'entamer une discussion sur le sujet, mais ce que j'admirais d'instinct, c'est la dignité rêveuse avec laquelle la cité assumait la déchéance dont la sévérité de l'Histoire l'avait frappée. Je trouvais beau qu'elle continuât à opposer aux ravages du temps le sourire vaguement dédaigneux qu'on découvre dans les tableaux des primitifs sur les lèvres des saintes martyrisées. Ce repliement morose avait infiniment plus d'allure à mes yeux que les révoltes tapageuses de la vulgarité.

Il m'a fallu un certain nombre d'années pour comprendre que cette fierté même peut n'être qu'un masque et que le souvenir très vif que la ville conserve de sa gloire passée s'associe subtilement à cette forme adoucie et policée du désespoir qui s'appelle la nostalgie.

Les touristes se soucient rarement de ce genre de nuances : leur curiosité se limite la plupart du temps au coup d'œil traditionnel sur les quelques édifices illustres qui perpétuent avec une impassibilité apparente l'orgueil d'une gloire sanctifiée par le temps. Mais celui qui prend la peine de gagner des quartiers moins fréquentés, à l'heure où le silence n'est plus troublé que par la rumeur lointaine de la cité et le tintement de quelque cloche dans une église de faubourg, aura peut-être la chance d'accueillir, au long d'un quai bordé par des eaux mortes ou sur le seuil d'une place où sommeillent quelques maisons sans âge, le souvenir poignant des anciens jours : c'est comme une bouffée de musique ténue, un concert de brume aux flambeaux qui affleure à la surface du passé, la vocalise d'une vie antérieure de bonheur insoucieux à peine modulée sur l'écran de la mémoire. Peu de chose en vérité, et il faut certes une bonne oreille pour l'entendre, mais il arrive certains soirs privilégiés que la mélodie d'une viole à danser franchisse des siècles de silence pour célébrer comme autrefois les noces de Bruges avec la mer.

Sans avoir connu l'aubaine d'une telle connivence à l'époque où je parcourais les rues avec ma grand-mère, je me souviens de quelques moments très rares où nous avons éprouvé l'impression que la ville faisait fête à sa jeunesse retrouvée.

Je pense à la surprise que nous valut un jour une simple bourrasque d'été. C'était au fort du mois d'août, à la fin d'une après-midi de chaleur accablante. A l'instant où tout a commencé, nous étions fort occupés, ma grand-mère et moi, à longer la rue aux Laines au plus près des façades pour gagner notre pâtisserie habituelle de la Grand-Place. Nous n'étions plus qu'à quelques dizaines de mètres de la boisson fraîche dont nous rêvions, lorsque, sans qu'aucun signe l'eût annoncé, le jour s'obscurcit brusquement. Il y eut quelques secondes de suspens absolu. Puis, tout arriva à la fois : le coup de vent fut si brutal que le chat à la botte dorée qui figurait l'enseigne d'une bourrellerie toute proche fit, dans un horriblement grincement de ferraille, le tour complet de la potence à laquelle il était accroché ; plusieurs volets claquèrent ; une rafale de poussière nous gifla le visage et la toque de ma grand-mère s'envola sans esprit de retour vers le pont Saint-Jean-Népomucène.

Mais le véritable spectacle était au ciel : un extraordinaire printemps de couleurs était en train d'y fleurir dans l'épanouissement d'une exquise aurore. Le soleil et le vent taillaient dans de somptueux nuages de larges coupes de lumière diffuse qui retombaient en profusion de palmes sur les façades. Même les plus austères, celles qui affectent des allures de forteresses en se drapant dans leur raideur gothique, esquissaient une manière de sourire. Quant aux autres, les fines, les coquettes, les futées, avec leurs encorbellements dorés, leurs enjolivements de pierre autour des fenêtres et leur pignon de briques à redents qui m'avaient toujours inspiré des envies d'escalade, elles semblaient prêtes à entamer un pas de danse autour des halles et du beffroi.

Sous les ébouriffements de la risée qui continuait à embouquer les rues avec des grommellements de harde en furie, c'était le désastre aux étalages et aux terrasses : on n'y comptait plus les parasols arrachés, les chaises mises à mal. Mais tout le monde semblait prendre les choses avec bonne humeur. Même les passants qui avaient décidé de poursuivre leur chemin à tout prix en s'arcboutant contre le vent, pliés en deux comme par une souffrance, une main au ventre, l'autre au chapeau, gardaient la force de plaisanter en s'interpellant d'un trottoir à l'autre.

Chacun paraissait admettre que les contrariétés engendrées par ces incidents étaient peu de chose en regard de la jubilation qui leur enchantait l'esprit. Je constatai qu'un certain nombre de promeneurs s'étaient immobilisés tête levée pour ne rien perdre du ballet des clartés voletantes, de la retombée en gerbe des ramures de lumière que le soleil peigné par le vent dispersait sur les toits. Ajoutons que la bourrasque avait eu raison en quelques instants de la stupeur d'étuve dans laquelle la ville baignait depuis près d'une semaine. En somme, tout le monde était très content.

Nous aperçûmes même un attelage d'énormes percherons traînant un camion de brasserie qui manifestait à sa manière l'euphorie que suscitait en lui cette récréation céleste. A l'instant où il attira notre attention, il était occupé à faire le tour de la Grand-Place dans un grand brimbalement de tonneaux et de bouteilles. Il y avait quelque chose dans l'allure martiale de ces chevaux – naseaux dressés, sabots ferraillant sur les pavés –, dans le roulement des roues cerclées de fer, dans le tintement des sonnailles de leur collier, et jusque dans le frémissement de leurs fanons balayant le sol comme des panaches de mousquetaires, qui révélait de manière évidente leur appétit de gloire.

Nous les vîmes s'engager dans la rue Saint-Jacques avec un emportement si excessif et un mépris si avéré de la sécurité de leur cargaison qu'il ne paraissait pas déraisonnable d'imaginer qu'à la ressemblance du char d'Apollon tel que les peintres le représentent sur les plafonds des palais dix-septième, ils se disposaient à quitter la terre. Déjà, je les voyais en esprit survoler la rue des

Baudets, caracoler par-dessus la porte d'Ostende, et prenant repère sur l'ourlet jaunâtre qui borde l'horizon dans la direction du nord-ouest, fendre les airs en direction de la côte toute proche pour y contempler du balcon du ciel ce spectacle qui m'était encore inconnu, mais dont ma grand-mère m'avait fréquemment vanté la magie : une tempête en mer.

Il nous arrivait rarement de sortir le soir. Toutefois, le *Vieux Bruges* affichait de temps à autre un film “enfants admis” qui éveillait l'intérêt de Thérèse-Augustine : j'étais toujours très attentif à l'annonce de ses programmes.

L'établissement présentait la particularité d'être une manière de café-cinéma où on servait à boire aux spectateurs au cours de la séance. Un pianiste, salué à son entrée par des applaudissements de politesse distraite, accompagnait la projection du film sur un piano droit dressé dans l'angle de la scène. Nous savourions notre chocolat ou notre grenadine au milieu d'un désordre bon enfant et du tintement de la vaisselle entrechoquée en regardant sautiller dans la pénombre la frêle silhouette de Charlot.

Mais la soirée n'était vraiment parfaite aux yeux de ma grand-mère que lorsque l'écran lui proposait le sourire fatal d'Ivan Mosjoukine ou le masque impassible de Sessue Hayakawa. Elle retrouvait alors les émois de ses vingt ans, versait de vraies larmes sur les malheurs de l'héroïne et sentait son cœur défaillir d'angoisse quand le chevalier blanc tardait à la secourir.

Lorsque nous quittions la salle, l'esprit malmené par les images mais l'âme enfin rassurée, il arrivait qu'aux plus longs jours de l'été, un reste de clarté bleue trempée de rose traînât encore dans le ciel. Sous le prétexte d'un dernier salut au beffroi, mais en réalité pour allonger la route, je suppliais ma grand-mère de rentrer par la Grand-Place. La vérité est que ce retour à la maison après le cinéma – j'insistais toujours pour que nous choisissions la séance de la soirée – était l'unique occasion qui m'était offerte de découvrir le visage de la ville la nuit venue et sa métamorphose sous l'empire des lumières.

Alors que nous nous mêlions à la foule des badauds qui emplissait la rue des Pierres, j'éprouvais le sentiment insolite de reconnaître à peine un trajet qui m'était familier. Des magasins dont je n'avais jamais remarqué l'existence – j'étais passé vingt fois devant eux sans les apercevoir – scintillaient maintenant de tous les feux de leurs étalages. Je voyais ici et là des gens s'assembler, des groupes se former devant la joaillerie étincelante des enseignes. L'affairement et la concentration qui marquaient si souvent les visages durant la journée s'étaient effacés : je ne lisais maintenant sur des traits détendus qu'une exultation paisible et complice comme si la fraternité de la nuit favorisait l'éclosion d'une connivence générale dans la célébration du loisir.

Ma grand-mère, qui était demeurée fidèle pour l'essentiel aux idéaux gauchisants de sa jeunesse, détestait les boutiques de luxe : elles me fascinaient au contraire dans la mesure où elles me paraissaient symboliser l'univers dépaysant de la tentation des adultes. Je me laissais séduire par l'ambiance de dignité feutrée qui incite le client éventuel à baisser la voix dès l'instant où, la porte franchie, son pas découvre sur la moquette qui vient de succéder soudainement au pavé du trottoir cette aisance ouatée dont il n'a la pratique qu'en rêve. Et j'admirais sans en déceler les pièges l'aménagement habile de ces espaces – cuirs, velours et bois précieux – où il n'est pas un objet qui ne s'applique à idéaliser la conception qu'une certaine civilisation urbaine se fait du faste distingué.

Je trouvais merveilleux, par exemple, de me promener librement parmi toutes ces richesses sans qu'on m'interrogeât sur mes intentions. Je m'étonnais en revanche qu'il suffît qu'une certaine lueur s'allumât dans les yeux de ma grand-mère – je présume qu'il existe un code à l'usage des initiés – pour qu'une duchesse de vingt ans, qui n'aspirait visiblement qu'à me donner son cœur, s'avançât à notre rencontre dans un gracieux remuement de jupe qui évoquait à mon esprit extasié le crissement des roseaux écartés par un cygne. Invisible l'instant d'avant entre les miroirs sur pied et les mannequins de cire parés de robes extravagantes qui sont les habitants naturels de son domaine, voici qu'elle nous sourit comme au théâtre en s'inquiétant de ce qui pourrait nous plaire. Comment ne pas tomber amoureux d'elle à l'instant même ?

Même si à onze heures du soir les déesses avaient déserté depuis longtemps leur Olympe de lucre, je prenais plaisir à m'attarder devant les vitrines où elles avaient abandonné sous les lumières une part des attributs de leur séduction. Et il fallait, pour m'en arracher, que ma grand-mère pressât le pas en invoquant l'heure tardive, la longueur du trajet et le besoin que j'avais de mon lit. Il est vrai que nous étions encore bien loin de la maison et que je commençais à me sentir gagné par cette ivresse légère qui accompagne la fatigue naissante.

Passé l'immense place de la gare, les lumières commençaient à se faire plus rares dans la rue du Maréchal, mais, à partir de la Porte et du pont-levis qui enjambait le canal, nous nous enfoncions dans une nuit complète. Les seuls points lumineux qui étoilaient l'obscurité à une certaine distance étaient les quelques réverbères qui jalonnaient l'entrée de la chaussée de Ghistelles. Il en suintait une faible clarté d'un jaune sale qui rendait la nuit plus épaisse et plus profonde encore. En arrivant à cet endroit lors de chaque retour à la maison, je pensais avec un frisson d'exquise angoisse : "Le plus périlleux reste à faire." Alors, ma grand-mère me prenait la main et accélérait encore l'allure : elle ne devait pas être plus rassurée que moi. Nous progressions sans dire un mot à travers le silence de la nuit, mi-marchant, mi-courant, l'œil aux aguets, jusqu'à la grille du clos où nous arrivions enfin, un peu haletants, soulagés, et pas très fiers de nous.

A LIRE CE RÉCIT OÙ ELLE OCCUPE SI souvent le devant de la scène, on pourrait imaginer que je passais la plus grande partie de mon temps avec ma grand-mère. J'ai déjà indiqué que c'était loin d'être le cas. En réalité, je la voyais très peu pendant les journées où nous demeurions à la maison.

Comme elle se levait bien avant moi, nous ne prenions presque jamais notre repas du matin ensemble. Lorsque je descendais en pyjama, les yeux encore bouffis de sommeil et le plus souvent de fort mauvaise humeur, je la trouvais dans la cuisine, habillée, coiffée, impeccable, joyeuse. Je suis persuadé qu'elle ne songeait pas une seconde que son exemple aurait pu me servir de leçon : c'était simplement une manière qu'elle avait de se maintenir en ordre avec elle-même.

Quoi qu'il en soit, j'étais trop endormi pour soutenir la moindre conversation. Sitôt mon petit déjeuner avalé dans un silence maussade, j'expédiais aussi proprement que possible mes devoirs de vacances – c'était un point sur lequel elle ne me passait rien – et je disparaissais au jardin.

Enfant unique, je m'étais habitué très tôt à ne compter en dehors de l'école d'autre compagnon que moi-même et je m'étais résigné sous l'empire de la nécessité à demeurer le seul interlocuteur de mon dialogue avec autrui. La solitude m'avait ainsi progressivement accoutumé à gérer avec les multiples personnages de mes rêves une communauté en état d'indivision perpétuelle. J'avais acquis dans ce domaine un savoir-faire qui me permettait à longueur de vacances de me faire tour à tour et selon les besoins d'un spectacle permanent dont j'étais à la fois l'auteur, le metteur en scène, la distribution et le public, Robinson et Corcoran, John Silver et Sindbad le Marin, Athos et Roland, Robin des Bois et le capitaine Nemo. Je pouvais également être Vendredi ou Schéhérazade quand il le fallait, sans compter tout ce que la crédibilité de la représentation réclamait de flibustiers et de vizirs, de spadassins et d'écuyers, de messagers et de piétaille. Bref ! J'étais, sans rival et sans partage, le prince de mes plaisirs, et chaque lecture nouvelle m'offrait l'occasion de me tailler un royaume de plus dans l'imaginaire.

J'ai déjà cité au nombre de mes refuges favoris le réseau des sentiers agencés en sous-bois qui s'étendait entre la grille d'entrée du clos et le portillon vert pomme de notre jardin. Je préférais de loin ce promenoir de verdure que je partageais avec Alcibiade, le chat de nos voisins – il acceptait gracieusement de jouer de temps à autre le rôle du tigre du capitaine Corcoran – au grand mûrier de la pelouse dont l'escalade aisée offrait bien des avantages, mais qui ne pouvait guère représenter à lui tout seul l'impénétrable immensité de la forêt équatoriale.

J'avais encore un autre terrain d'aventures que sa nature même réservait aux missions désespérées. Je ne m'y aventurais qu'aux jours assez rares où, quelque fièvre héroïque me poussant, j'estimais qu'une chemise souillée ou un pantalon déchiré ne constituait pas un prix excessif pour libérer ma fiancée retenue en otage dans le fortin des pirates. C'était la douve assez profonde qui séparait le fond de notre jardin d'un champ de pommes de terre dont l'exploitant, je n'ai jamais su pourquoi, était l'ennemi personnel de ma grand-mère. Envahi par les chardons et les herbes folles, piqueté de terriers, parcouru par un ruisseau intermittent qui y entretenait à longueur d'été une chaude puanteur de pourriture végétale et une lie de boue jaunâtre que les moustiques appréciaient particulièrement vers la fin du jour, j'avais baptisé ce fossé le "boyau de la mort" en souvenir des récits terrifiants de la guerre des tranchées qu'il m'était arrivé d'entendre. Sincèrement persuadé qu'il était le domaine des maringouins, des fougères urticantes et des pythons géants, je ne m'y risquais qu'après avoir fait le sacrifice de ma vie, et non sans m'être muni du couteau à pain de ma grand-mère, censé me servir tout à la fois de machette et d'arme de main. J'ai offert plusieurs fois à Alcibiade de m'accompagner, mais il n'a jamais consenti à me suivre jusque-là. Quand je songe aujourd'hui que je passais une bonne partie de la journée à me couler entre les orties, le nez dans la boue et la nuque au soleil, attentif à ne faire aucun bruit pour ne pas éveiller l'attention des sentinelles ennemies, je ne puis lui donner tort. En toute objectivité, c'était fort éprouvant.

Le grenier de la maison était également un de mes lieux de retraite préférés.

J'avais repéré à l'occasion de mes vagabondages à travers le jardin les deux lucarnes aménagées sur les versants du toit et je m'étais demandé si, de là-haut, je pourrais apercevoir les tours de Bruges. Au fond de moi, il y avait aussi, mais je n'osais guère me l'avouer à moi-même, une certaine espérance ténue, enfantine, insensée, mais tenace, qui concernait la mer. Mon cours de géographie m'avait appris que Bruges se trouvait à une douzaine de kilomètres de la côte. Je ne songeais pas à nier que c'était beaucoup, mais je m'obstinais à opposer aux rigueurs de l'évidence un argument en faveur de mon rêve : la vue depuis la maison était dégagée dans la direction du nord-ouest. Sur plusieurs centaines de mètres, s'étendaient des pâturages et des champs, notamment celui de l'ennemi de ma grand-mère. De toute manière, je voulais en avoir le cœur net. Et puis, si je n'apercevais pas la mer, j'en entreverrais au moins les parages, j'en pressentirais l'imminence, j'en subodorerais l'étendue. Les gabiers qui, dans les romans d'aventures dont je faisais ma pâture ordinaire, guettaient des hauteurs de la hune l'approche de la terre, possédaient tout un code de signes qui leur révélaient sa proximité avant qu'elle devînt réellement visible : un passage d'oiseaux, une odeur d'herbe dans la brise, la forme d'un nuage sur l'horizon. Pour une fois, je me trouverais dans une situation inverse : ce n'était pas la terre, mais la mer, que je songeais à découvrir. Peut-être, moi aussi, recevrais-je un signe ?

C'est ainsi qu'à la différence de la plupart des garçons de mon âge, je ne fus pas attiré dans le grenier par la curiosité de ce que j'allais y trouver, mais par l'imagination d'un paysage que je ne contemplerais sans doute qu'en rêve.

Comme je redoutais un refus de ma grand-mère qui, au mieux, m'aurait prié de patienter jusqu'à la prochaine pluie – "On ne s'enferme pas dans un grenier étouffant quand il fait aussi beau dehors !" – je mis à profit une de ses rares absences pour emprunter l'escalier étroit qui menait aux combles. J'avoue que je n'étais pas tranquille : le sentiment d'enfreindre une interdiction non formulée, l'appréhension de pénétrer frauduleusement en terrain inconnu – je n'avais jamais dépassé le palier du premier étage –, le craquement des marches qui résonnait de façon sinistre dans la maison vide, tout cela faisait battre mon cœur un peu plus vite.

Comme je l'avais pressenti, je fus accueilli sous les tuiles par une chaleur de four. Mais la touffeur était moins désagréable que l'odeur qui régnait dans la pièce : une sorte de relent douceâtre où l'âcreté de la poussière confinée se mêlait à la senteur sèche des solives échauffées par le jour.

Le grenier n'était qu'un vaste espace d'un seul tenant où mes grands-parents avaient accumulé les épaves des douze ou treize déménagements que la société des Chemins de fer leur avait imposés au cours de la vie professionnelle de mon grand-père.

Un brocanteur aurait pu garnir toute sa boutique en puisant dans l'entassement d'objets de tout genre rassemblés au ras des chevrons. On y trouvait à peu près n'importe quoi : un assortiment de valises bourrées de vêtements destinés à tous les âges de la vie, deux cantines débordant d'étoffes, de nappes trouées, de rideaux décolorés, plusieurs cartons à chapeaux, une caisse de vaisselle dépareillée, un berceau d'osier, un cadre de bicyclette et toute une collection de meubles hors d'usage, parmi lesquels je remarquai une assez jolie commode aux pieds brisés, un fauteuil dont les ressorts avaient troué le velours, et, sous un globe de verre apparemment intact, une pendule de cuivre qui avait perdu ses aiguilles.

Comme j'étais en permanence à la recherche d'éléments de décor susceptibles d'apporter quelque variété à la poursuite de ma vie aventureuse, je me promis de consacrer un examen attentif à cet amas de vieilleries : il y avait peut-être là une mine de trouvailles intéressantes.

La lucarne dont j'avais reconnu l'emplacement se trouvait située plus haut que je ne l'avais cru, mais, en me hissant sur la caisse de vaisselle dont le couvercle me parut capable de supporter mon poids, je parvins à me constituer un poste de vigie fort convenable.

Je n'avais pas beaucoup d'illusions. L'abondance de la végétation dans les jardins qui nous entouraient du côté de l'est était décourageante, et même si la hauteur des arbres demeurait assez modeste, leur proximité compromettait tout espoir sérieux d'apercevoir la ville. Mais la fortune me vint en aide. Exactement dans l'axe de la lucarne, une brève trouée miraculeuse dans le feuillage m'offrit le spectacle des trois tours réunies en grappe : Saint-Sauveur, la plus massive, au centre, devançait légèrement Notre-Dame, plus haute, plus élancée, plus fine, tandis que le campanile octogonal du beffroi apparaissait un peu en retrait sur la gauche. J'aurais aimé apercevoir la houle des toits sous cette imposante mâture qui tranchait en gris tendre sur le bleu du ciel de l'après-midi, mais la cité restait masquée par les arbres et les maisons proches, et, seul, le haut des trois tours était visible.

Telle quelle, l'échancrure azurée creusée dans le vert profond du feuillage avait la netteté d'une pièce qu'on aurait séparée d'un puzzle. Je songeai, en me reprochant de n'avoir pas accordé un intérêt suffisant à ses propos, que, quelques semaines plus tôt, lors d'une visite au musée communal, ma grand-mère avait attiré mon attention sur la délicatesse avec laquelle les primitifs détaillaient les paysages souvent minuscules dont ils parsemaient le fond de leurs tableaux. Elle m'avait cité l'exemple du *Mariage mystique de sainte Catherine*, l'un des Memling de l'hôpital Saint-Jean, et celui de la ville qu'on aperçoit avec son cortège de clochers dans *le Baptême du Christ* de Gérard David, entre la colombe du Saint-Esprit et la main du Baptiste.

Curieusement, en contemplant à travers la vitre de la lucarne surchauffée le motif des trois tours groupées en faisceau, dont la composition était si parfaite qu'elle semblait concertée, j'avais l'impression de retrouver la même minutie amoureuse dans le traitement des architectures lointaines, comme si, en application d'une justice posthume qui eût désormais contraint la réalité à imiter l'art, la ville où Memling avait bâti son œuvre eût à cœur, quatre siècles après sa mort, d'offrir à sa mémoire une image d'elle-même inspirée de sa manière.

Je n'ai pas la prétention d'avoir rêvé tout cela sur ma caisse de vaisselle au cours de cet après-midi de mes onze ans. Il est à peu près certain que j'ai limité mon analyse ce jour-là à un jugement sommaire du genre : "C'est tout à fait comme dans le tableau !" Il n'empêche que la vision qui venait de m'être accordée avait dû alerter ma sensibilité dans ses profondeurs, puisqu'un élan de gratitude et d'amour m'emplit soudain le cœur à la pensée de ma grand-mère.

Sans aller jusqu'à imaginer que je lui étais redevable du bonheur qui me faisait monter les larmes aux yeux devant l'œuvre d'art accomplie que le rapprochement des tours suggérait à l'esprit, je pense que je lui savais obscurément gré de m'entrouvrir les portes du monde merveilleux dont je commençais à pressentir l'existence au-delà des apparences, et de se comporter à mon égard à la façon des bonnes fées de ma petite enfance qui accordaient toujours leur chance aux miracles.

Au premier abord, mon entreprise ne rencontra pas un aussi brillant succès sur l'autre versant du toit. Bien entendu, je n'aperçus pas la mer. J'eus beau interroger le déploiement des terres grasses qui s'étalaient dans la direction du nord : mon regard plana vainement sur des lieues de pâturages et de cultures sans se fixer sur autre chose qu'une ferme ou un clocher. Je m'efforçai jusqu'à m'en fatiguer les yeux de suivre le trait noir des routes qui convergeaient vers la côte en inclinant les longues allées obliques de leurs peupliers sous le souffle millénaire venu de la mer promise, mais leur tracé finissait toujours par se perdre vers les lointains dans la brume de chaleur qui annulait le paysage.

Ce que je découvris pourtant au cœur de l'immense ciel bleu posé comme un couvercle sur le damier des fossés d'irrigation multiplié par l'étendue, c'est une chaîne d'admirables nuages, gorgés, neigeux, laiteux comme des seins de nourrice, qui organisaient la dérive de leur Cordillère avec la lenteur majestueuse d'une escadre en manœuvre. J'avais réclamé un signe : le ciel m'offrait un cortège royal. Je décidai de considérer cette parade solennelle comme une invitation : je demanderais à Thérèse-Augustine de me faire un jour prochain les honneurs de la mer.

Cette première visite au grenier fut suivie de quelques autres, qui eurent lieu en dehors de toute clandestinité, avec la complicité de la pluie et le consentement de ma grand-mère.

J'y fis les trouvailles que j'escomptais : mon avidité de pilleur de tombe s'en trouva satisfaite, mais l'exploration à laquelle je fus amené à me livrer au cœur de cet entassement disparate me conduisit à une autre découverte dont je ne puis m'abstenir de rendre compte.

Je dénichai sous deux valises chargées d'étoffes une caisse de carton qui contenait une poupée sans tête, quelques jeux de cartes incomplets, une douzaine de romans poussiéreux au brochage fatigué par de multiples lectures, et plusieurs numéros de *la Vie parisienne* où de ravissantes jeunes femmes aux cheveux courts, uniquement vêtues d'une aigrette de plumes et d'un semis de paillettes dorées, levaient très haut la jambe en souriant avec beaucoup de niaiserie. Les auteurs des livres, autant que les titres, m'étaient inconnus. Je me souviens qu'il y avait là *les Aventures du roi Pausole* et l'*Aphrodite* de Pierre Louÿs, *Une vieille maîtresse* de Barbey d'Aurevilly, deux ou trois Zola, dont *Nana*, et quelques autres volumes à vocation résolument libertine.

Si mon instinct de lecteur ne m'avait soufflé l'idée de les feuilleter en dépit de la couche de poussière qui rendait leur maniement désagréable, il est probable que ma naïveté m'aurait incité à dévaler l'escalier à toute allure pour tirer fierté de ma découverte auprès de ma grand-mère. Qui sait si je n'aurais pas été jusqu'à lui suggérer, après les avoir quelque peu rafistolés, de les ranger sur l'étagère du salon à côté des *Fables* de La Fontaine et de *la Légende des siècles* ?

Ai-je besoin d'assurer que ces quelques minutes de déchiffrement fiévreux dans la pénombre torride du grenier sont restées gravées dans ma mémoire ? Je me revois à genoux sur le plancher, tournant les pages au hasard, passant à tâtons d'un volume à l'autre, grappillant une phrase de-ci de-là…

Quelques moments plus tôt, les nudités emplumées de *la Vie parisienne* m'avaient laissé de glace : je les trouvais tout simplement ridicules. Mais il en était autrement de ce que je lisais : si médiocres d'inspiration et de style que fussent quelques-unes des représentations imaginaires de l'amour des corps que je découvrais dans ces pages, elles exerçaient sur mon esprit, par la seule grâce des pouvoirs de l'invention littéraire, une force de suggestion infiniment plus efficace que les grivoiseries racoleuses de la revue.

J'étais à l'évidence trop jeune pour ressentir un trouble comparable à celui que mon grand-père, qui ne lisait guère d'habitude, avait sans doute recherché en se procurant ces livres, mais à force de subir ainsi, avec la brutalité d'un dévoilement, les évocations méticuleuses d'une réalité vaguement pressentie, mais à laquelle je n'avais accordé jusqu'alors aucune pensée consciente, je me trouvai bientôt si éperdu que le sang me monta aux joues et que je fus contraint d'arrêter ma lecture tant le cœur me battait vite.

L'espace d'un instant, je me demandai si ma grand-mère avait connaissance de la présence de ces livres dans son grenier. Il était visible qu'ils n'avaient plus été ouverts depuis longtemps. Je me pris à espérer qu'au moins, elle avait oublié leur existence.

Ce n'est que bien des années plus tard que j'accueillis sans déplaisir l'idée que mes grands-parents les avaient peut-être découverts ensemble.

NOUS EN ÉTIONS AU DESSERT. LA lumière du soleil posait de jolis reflets sur les cristaux.

"J'ai loué deux bicyclettes", dit ma grand-mère.

Je dédiai un petit salut mental à Thérèse-Augustine : une fois de plus, elle m'avait gagné de vitesse. C'est la veille que j'avais évoqué mon souhait d'une escapade à la mer. Non seulement il avait suffi d'une nuit pour que mon rêve devînt son projet, mais elle l'avait doté de l'esprit qui lui manquait. J'avais bourgeoisement imaginé que nous prendrions le train : d'un mot, elle venait de transformer l'échappée en aventure.

Restait la date... Pour qu'on ne pût me taxer d'impatience puérile, j'avais eu la prudence de laisser la question dans le vague.

“Si tu n’as pas d’autre intention, dit ma grand-mère en savourant une fraise à la crème, nous partirons demain.”

Je n’avais pas d’autre intention.

Je crois n’avoir presque pas dormi cette nuit-là. J’ai le souvenir d’avoir passé des heures à me retourner dans mon lit, excité comme un sapajou, mal assuré de mes talents de cycliste, inquiet de tout, redoutant l’averse, l’accident, la fin du monde, la jalousie des dieux. Au détour de l’aube, j’entendis même – ce qui ne m’arrivait jamais – la sonnerie grelottante du réveil dans la chambre de ma grand-mère. Naturellement, je me trouvai debout bien avant l’heure, désœuvré, questionneur, importun à force de vouloir être utile, proposant vingt services dont on n’avait que faire, et ne parvenant en fin de compte qu’à me rendre tout à fait insupportable.

Thérèse-Augustine eut la sagesse de m’envoyer humer la rosée au jardin pour me donner l’occasion de faire la connaissance de l’aurore dont mes auteurs favoris parlaient si souvent dans leurs romans. Je hasardai deux ou trois pas dans l’allée. Quelques écharpes de brume flottaient entre les buissons de roses. Le mûrier sommeillait encore sous un ciel d'ardoise qui commençait doucement à bleuir. L'air fleurait bon l'herbe mouillée. Je me sentis un peu rassuré : la journée promettait d'être belle.

Je nous revois le pied à l'étrier dans l'allée qui menait à l'entrée du clos. Ma grand-mère à qui incombait la responsabilité d'ouvrir la route s'était placée deux longueurs devant moi. Une dernière fois, elle sortit la carte Michelin de la poche de sa veste pour vérifier le trajet que nous allions suivre : je suis persuadé qu'elle le connaissait par cœur, mais elle ne détestait pas une certaine mise en scène et elle savait aussi tout le plaisir que je prenais à imaginer des périls.

Enfin, elle leva la main droite et clama aux échos des jardins endormis :

"A Dieu vat !"

C'est ainsi que notre expédition commença dans la solennité silencieuse du matin.

Par plaisir autant que par prudence, notre itinéraire évitait les grands-routes pour n'emprunter que d'étroites chaussées bordées de saules où nous ne risquions guère de rencontrer d'autre circulation que le charroi des fermes. La médaille avait cependant son revers : la plupart de ces chemins avaient dû recevoir leur pavage au temps des grands-parents de ma grand-mère et nous nous y trouvions aussi méchamment secoués que les coureurs qui affrontent l'"enfer du Nord" dans Paris-Roubaix. L'astuce consistait à maintenir la bicyclette en équilibre sur la mince banquette de terre bordée de deux bourrelets d'herbe qui séparait la chaussée du canal. Il y fallait un peu d'adresse et d'habitude : je les avais acquises à force de courir la campagne autour de mon village, mais ma grand-mère n'était nullement rompue à cet exercice. Je la vis une ou deux fois risquer la chute, ce qui l'amena en fin de compte à préférer l'inconfort des pavés au plongeon dans le fossé.

Par instants, l'assise de notre route se réduisait d'ailleurs à une simple levée de remblai taillée en talus qui faisait office de digue au cœur du damier des canaux d'irrigation – ce qui nous procurait l'impression assez grisante de rouler sur l'eau au milieu des volées de canards et de vanneaux huppés que le chuintement de nos roues faisait jaillir des herbes. Nous eûmes aussi le plaisir de saluer à quelque distance un héron planté sur une patte au milieu des eaux : il ne daigna même pas s'envoler à notre approche.

De temps à autre, je me dressais sur les pédales dans l'espérance d'être le premier à découvrir sur la ligne d'horizon le liséré jaunâtre des dunes. J'avais espéré que la grand-route Ostende-Bruges, dont j'avais repéré le tracé sur la carte et que nous venions de traverser, marquerait une frontière dans la contrée, et qu'au-delà du mince rideau de peupliers qu'elle tendait dans la plaine des polders, nous entrerions vraiment dans l'antichambre de la mer. Mais le paysage variait peu : c'était toujours, sous l'immense ciel muet que doraient çà et là quelques nuages blonds en aigrette, le même déroulement de terres cultivées, le même chapelet de pâturages ponctués de boqueteaux qui protégeaient des violences du vent les fermes basses aux volets bleus, flanquées de leur étable et de leur grange à foin.

Je crois que je "sentis" la mer avant de l'apercevoir. Je n'avais pas oublié que, lors de nos randonnées en voiture vers la côte, mon père avait l'habitude d'entrouvrir la vitre de sa portière quelques kilomètres après Bruges, et d'énoncer avec l'assurance sentencieuse d'un expert : "On sent déjà l'odeur du sel !" Depuis un moment déjà, je ne me faisais pas faute d'aspirer sans résultat perceptible l'air chargé d'espérance et j'étais près de me désoler d'avoir un odorat moins affiné que le sien, lorsque tout à coup, sans que le paysage s'en trouvât modifié, quelque chose changea dans l'univers.

C'est l'attention de ma grand-mère qui fut alertée la première :

"Regarde la couleur du canal !" me dit-elle.

La stupeur atone du sentier d'eau plombée qui longeait notre route semblait s'être éveillée soudain aux diaprures de la vie. Je découvris avec surprise qu'un friselis d'irisations dessinait maintenant à sa surface tout un alphabet de moires narratives d'une fastueuse expressivité, comme si, à force de se réverbérer dans le miroir du ciel, la mer en était arrivée à prodiguer par connivence une part de ses reflets aux eaux captives des terres proches.

La conscience nous vint à la même seconde qu'un événement pour lequel il n'existe pas de nom dans le langage des hommes venait de se produire dans l'équilibre de la lumière. Etait-ce dû à une élévation presque insensible de son intensité, à quelque jeu des nuages avec le soleil ? A mesure que nous approchions de la côte et qu'à chaque tour de roue la vivacité accrue de la brise nous laissait pressentir davantage la proximité de l'étendue, l'atmosphère se pailletait d'une sorte de poudroiement d'allégresse : il semblait que le ciel lui aussi avait décidé de férier cette journée en notre honneur. Moi-même, depuis l'instant où les signes avaient commencé de se multiplier, je ne parvenais plus à maîtriser mon excitation.

J'accomplis les dernières centaines de mètres comme en rêve. Brusquement, notre sentier de campagne, émergeant des prairies, vint donner du nez contre un cordon de dunes couvertes de pins. Nos roues s'enlisèrent dans les premières jonchées du sable qui festonnaient la route.

"Va donc !" me dit ma grand-mère.

J'escaladai en courant la butte la plus proche. Bien avant d'en atteindre le sommet, à la façon d'un éventail qui s'ouvre brusquement dans la main d'un dieu, une échancrure entre deux mamelons découvrit à mon regard l'immense coulée d'un or bleu gris un peu nacré qui brasillait au soleil jusqu'à l'horizon.

Le temps glisse sur ces bonheurs : il ne les altère pas. Maintenant que j'atteins au dernier décan de ma vie, c'est toujours la mémoire de cet instant de grâce que je retrouve avant toute autre lorsque j'interroge mon amour de la mer.

Après la chaleur de la course au soleil, nous accueillîmes comme un bain de délices la fraîcheur qui régnait sous les arbres. J'établis notre campement provisoire dans une conque de sable cernée d'oyats à l'ombre d'un groupe de pins qui dominait la dune. Nous avions rejoint la côte à une douzaine de kilomètres d'Ostende dans une région éloignée de toute habitation et la plage qui s'étendait devant nous était à peu près déserte. Mais nous apercevions à quelques centaines de mètres sur notre gauche les premières maisons de la bourgade du Coq où il m'était arrivé de séjourner avec mes parents. De notre observatoire, nous découvrions l'enfilade des cabines rayées de bleu et de blanc, le semis des fauteuils de plage dispersés entre les toiles multicolores, et toute une agitation de cerfs-volants, d'enfants joueurs et de ballons projetés vers le ciel dans l'éblouissement du matin. Quelques dizaines de baigneurs affrontaient l'assaut des vagues sur la frange sauvage et brillante de la marée. En dépit de l'éloignement, l'entêtante rumeur heureuse si caractéristique des vacances au bord de la mer nous parvenait par bouffées au gré des mouvements de la brise : il me suffisait de fermer les yeux pour isoler au cœur de ce bruissement les cris pointus des jeunes filles au bain, les sonneries de trompe des maîtres nageurs corsetés de plaques de liège, et les appels des marchands ambulants exhibant sur le ventre leur éventaire de gâteaux saupoudrés de sucre blanc.

Obéissant à la règle d'un jeu immémorial, l'intensité de la rumeur ne cessait de croître avec la marée qui montait. Les estivants, refoulés sur un espace de sable de plus en plus réduit, multipliaient les manifestations d'un sauve-qui-peut de comédie destiné à masquer l'agrément qu'ils trouvaient dans une diversion qui rompait la routine de la matinée : claquements de transats déplacés à la hâte, menus gloussements d'effroi entrecoupés de rires. Il n'était jusqu'au ton plus vif que prenait la lumière devant l'approche étincelante des eaux qui n'achevât de me persuader que je ne pourrais résister bien longtemps à la tentation de me jeter à mon tour dans la fête urgente qui était en train de se dérouler sous mon regard.

“Tu trouveras ton maillot dans la besace”, dit doucement ma grand-mère.

Je m'élançai vers la mer, piétinant le sable brûlant et mou à courtes foulées maladroites, fier d'arpenter mon bout de plage à la manière des naufragés de mes livres qui avaient coutume de célébrer par un bain rituel la prise de possession de leur île. Il ne me déplaisait pas de fêter à l'écart de la foule mes retrouvailles avec les plaisirs de ma petite enfance, lorsque je n'étais autorisé à me baigner seul qu'à la limite de la marée, et qu'allongé sur le ventre, arcbouté des pieds et des mains à mon lit de sable ourlé d'écume, je m'efforçais de résister de tout mon corps à la succion du reflux et au glissement impudique de l'eau qui se retirait en me caressant avec une douceur dont je n'ai pas perdu le souvenir.

Quand je regagnai notre refuge des dunes, je découvris que ma grand-mère s'était endormie. Je m'étendis au soleil non loin d'elle et fermai les yeux à mon tour comme je m'appliquais à le faire à l'époque de la prescription maternelle du farniente obligatoire après le bain. Une minute. Une heure… Le temps n'existe plus. Une fois encore, à la façon des cartes d'un jeu, le rêve mélange les années : j'entends près de moi, comme un gazouillis de volubilités bocagères, le caquetage excité de mes petites amies de la cabine voisine qui tiennent boutique de fleurs en papier. Elles sont assises devant leur comptoir de sable pavoisé de moulins aux ailes de celluloïd et elles paraissent fort occupées à évaluer leur recette de coquillages de la journée. Je ne déteste pas ce babillage qui m'enclôt dans son île au milieu de la rumeur, et, tout en savourant l'allongement délicieux de mon corps fariné de sable sec, je m'abandonne au plaisir de l'ennui divin, de l'heure qui coule sans but, sans jeux, sans projets, sans traverses…

Lorsque je m'éveillai, ma grand-mère s'occupait à dresser la table de notre déjeuner : une petite nappe de cretonne gracieusement disposée entre deux touffes d'oyats. Comme je m'y attendais, elle avait préparé un pique-nique de fête pour célébrer notre escapade : quiche lorraine, tomates, poulet froid, céleri rémoulade, et trois éclairs au café. Je me sentais un appétit de loup.

En tournant mes regards vers la plage, je m'aperçus que celle-ci s'était vidée pendant mon sommeil d'une bonne partie de la foule qui l'animait une heure plus tôt. La plupart des estivants avaient dû regagner leur villa ou leur hôtel pour y prendre le repas de midi en famille. L'étroite frange de sable amarrée à la mer où avait eu lieu la représentation qui m'avait amusé à la fin de la matinée paraissait désormais aussi délaissée qu'une salle de théâtre durant l'entracte. Avec ses cabines aux portes maintenant closes, ses fauteuils désertés, son drapeau solitaire qui continuait à flotter au mât central de la plage, et jusqu'à ce ballon rouge et vert (parfaitement visible de l'endroit où je me trouvais) qui semblait avoir été abandonné à dessein comme un accessoire de scène appelé à servir encore pendant la seconde partie du spectacle, elle offrait l'apparence d'un espace qui s'était mis provisoirement en sommeil à la demande des hommes.

Cette impression d'intermède, de pause programmée jusque dans le détail, se voyait confirmée par le soin avec lequel les tenanciers de la plage s'appliquaient à réparer le désordre habituel aux lieux où la vie vient de s'interrompre brusquement : un garçon de bain, vêtu de blanc et basané comme un moricaud, était en train de rectifier l'alignement des sièges, de récolter les papiers abandonnés, de balayer le sable accumulé sur les planches du chemin d'accès à l'escalier de la digue. Il opérait avec une nonchalance désinvolte et inspirée qui attestait une longue pratique de ces menus travaux de régie, et comme il était à peu près seul sur la plage et qu'il n'imaginait probablement pas que quelqu'un songeât à l'observer, il prenait plaisir à mettre un peu de grâce dans ses gestes, évoluant sur le sable à la façon d'un danseur qui aurait choisi de répéter sous le soleil de cet après-midi les figures d'un ballet dont il avait conçu l'argument. Je le vis par exemple se fendre à plusieurs reprises en pointant son bâton ferré entre les chaises longues à l'imitation de l'escrimeur qui pourfend un ennemi imaginaire, et même esquisser quelques entrechats de fort belle venue en serrant son balai de jonc sur sa poitrine comme s'il étreignait sa partenaire au cours d'un pas de deux particulièrement passionné. Il fit si bien en tout cas qu'en moins d'un quart d'heure tout était remis en ordre et que la scène se trouva prête à accueillir les acteurs d'une nouvelle représentation.

Depuis un moment la marée avait commencé à descendre. Déjà, en bordure du domaine réservé aux cabines et aux fauteuils où le sable était chaud, sec et doux, et que le flot n'atteignait presque jamais, un liséré d'or mouillé s'élargissait à vue d'œil. Bientôt, toute une laisse de plage neuve, lisse et soyeuse comme une peau nue, aussi vierge qu'au matin initial de la création, renaîtrait ineffablement de la mer. Et un trésor de coquillages, d'astéries, de crabes minuscules, abandonné par le jusant, peuplerait cette grève d'un nouveau monde.

Thérèse-Augustine se rendit compte que je ne tenais plus en place :

"C'est l'heure de la promenade, dit-elle. Mais nous devons trouver un abri pour nos vélos..."

A l'entrée du village, en face de la petite gare des tramways du Coq qui ressemblait comme deux gouttes d'eau au pavillon de banlieue illustrant le couvercle de mon jeu de construction, ma grand-mère m'offrit une grenadine à la terrasse de l'hôtel *Belle Vue*. Le tenancier nous autorisa aimablement à ranger nos bicyclettes dans son arrière-cour.

Nous gagnâmes le front de mer en longeant les tennis encore délaissés en ce début d'après-midi. Les fenêtres des villas, largement ouvertes au soleil, laissaient échapper des tintements de vaisselle auxquels se mêlaient des brouhahas de conversations et des rires. Un peu partout, le déjeuner s'achevait. Déjà, quelques familles avaient repris le chemin de la plage. Sur toute la largeur de l'avenue, des groupes débonnaires, encombrés de landaus et de tricycles d'enfants, se laissaient dériver en direction de la digue à une allure de procession constamment ponctuée d'arrêts. La rumeur de la mer nous parvenait entre les maisons, portée par un fumet de viande grillée et de sucre chaud.

Pourtant, la plage elle-même était encore presque déserte. A l'exception d'un vieil homme qui escortait son chien et de quelques enfants qui avaient entamé la construction d'un fort énorme en prévision de la prochaine marée, il n'y avait pratiquement personne au bord de l'eau. En fait, les seuls véritables témoins de notre promenade furent les mouettes. Comme le premier soin de ma grand-mère à notre arrivée sur le sable avait été de disperser à leur profit les restes de notre pique-nique, elles n'avaient pas manqué de se passer le mot. Elles gardèrent d'ailleurs un œil sur nous durant tout l'après-midi : elles se tenaient le plus souvent plantées sur une patte à quelques dizaines de mètres en avant de notre marche, et elles attendaient que nous fussions presque arrivés à leur hauteur pour s'envoler lourdement et se poser un peu plus loin.

Il est vrai que nous avions choisi de longer leur territoire, cette frange incertaine à la limite de la marée où on les voit fréquemment réunies sur quelque presqu'île provisoire que les ultimes vaguelettes du reflux couvrent et découvrent de leurs éventails froncés d'écume. Ce n'est sans doute pas dans l'intention d'affiner le sens esthétique des promeneurs qu'elles prennent plaisir à ces assemblées conciliaires – il est probable que la pêche du jour leur occupe l'esprit davantage –, mais le spectacle n'en était pas moins superbe : les jeux du soleil prêtaient à la mince couche d'eau frissonnante qui couvrait le lit de sable où chaque mouvement de leurs pattes crevait une pellicule d'émail rose, un éclat lisse et translucide pareil au glacis d'une peinture.

A mesure que les progrès du jusant découvraient la laisse de basse mer, celle-ci laissait apparaître tout un entrelacs d'eaux abandonnées que le relief de la plage distribuait en menus lacs irisés d'où quelques ruisselets chuintants retournaient à la mer. Il nous arrivait d'être contraints à d'assez larges détours pour éviter d'avoir à nous mouiller les pieds en franchissant ces modestes estuaires où je voyais des enfants de mon âge pousser leurs filets à crevettes.

Nous marchions, Thérèse-Augustine et moi, au cœur d'une lumière luxueuse, la tête enveloppée par la brise nonchalante qui venait de la mer. De temps à autre, je voyais ma grand-mère, qui paraissait se promener en regardant innocemment le paysage, se pencher vers le sable. Je pouvais être sûr qu'elle avait déniché quelque merveille : tantôt, c'était une tourelle diaphane dont les spires auraient pu être tournées par un dieu, tantôt tel bivalve minuscule d'un rose si délicat et si rare qu'il évoquait l'ongle de Boudroulboudour, princesse de la Chine. J'en étais malade d'admiration et d'envie. J'avais beau marcher courbé comme un arthritique, désespérément attentif à découvrir ce que je rêvais : je n'apercevais que le fretin habituel des coques les plus communes qu'on trouve par millions sur nos plages.

Ma grand-mère "inventait" les coquillages sur le sable avec la même aisance insolente que les trèfles à quatre feuilles dans l'herbe du jardin. Elle n'avait qu'à s'incliner gracieusement pour qu'ils vinssent d'eux-mêmes se loger entre ses doigts, comme si elle les créait par la seule force de son esprit : je n'étais pas loin de croire qu'elle aurait réussi son coup les yeux fermés. Aujourd'hui encore, je me refuse à admettre qu'une pareille constance dans la réussite ait pu être le fruit d'un talent vulgaire : il y avait sûrement quelque sorcellerie là-dessous. De son côté, bien qu'elle ait toujours prétendu qu'elle faisait ses plus belles récoltes en pensant à autre chose, elle n'était sans doute pas mécontente que la Renommée lui fît cette réputation de sourcière inspirée. Elle prenait en tout cas grand soin de ne mettre aucune application visible dans sa recherche, et, lorsqu'elle s'aventurait sur une pelouse ou se promenait au bord de la marée, elle s'arrangeait pour laisser flotter dans son regard la légère brume de distraction qui paraissait convenir à son personnage. Bref ! Il n'est pas niable qu'elle avait reçu du ciel un don particulier.

Elle en possédait quelques autres, plus épuisants pour ses proches : par exemple, elle pouvait marcher indéfiniment sans ressentir la fatigue. Si je n'avais demandé grâce dès les premières maisons de Wenduyne, elle aurait été capable de m'entraîner jusqu'au Zwin. Je lui proposai de nous asseoir un moment à une terrasse.

La foule se pressait dans les rues de la petite plage. La chaleur était un peu tombée et les premières mouillures de l'ombre apparaissaient entre les cabines. C'était l'heure où les flonflons des orchestres du bord de mer appelaient les familles à la cérémonie du thé : il n'y avait déjà plus une place à trouver dans ces cafés à musique que ma grand-mère appelait des “boîtes à chinchin”. Cet engouement présentait l’avantage de libérer des sièges tout au long de la digue sous les parasols des limonadiers fréquentables : nous en profitâmes aussitôt.

Après tant d’années, le charme de ces minutes est resté bien vivant dans ma mémoire. La mer étincelait sans une ride jusqu’à l’horizon. Le soleil descendait doucement sur Ostende. Quant à nous, nous nous retrouvions sans l’avoir prémédité aux premières loges d’un théâtre qui semblait avoir inscrit au programme de sa représentation crépusculaire la parade des estivants.

Car le thé en musique ne constitue pas le seul rite qui ponctue les après-midi d’été au littoral : la tradition veut aussi qu’au déclin de la journée, les familles qui séjournent à la côte se sentent irrésistiblement attirées vers le front de mer. Il est d’autant moins concevable de résister à cette aimantation immémoriale qu’elle se double le plus souvent d’un devoir de civilité : si on parcourt la promenade à pas de cortège en gardant le nez en l’air, ce n’est pas uniquement pour humer la douceur du serein ou pour saluer la lumière précieuse, c’est pour ne pas manquer les amis et connaissances.

Comme la coutume prescrit qu'il est de bon ton de "faire" la digue dans les deux sens, nous eûmes le privilège de voir les vacanciers défiler à deux reprises devant nous en profilant joliment leurs silhouettes sur l'horizon marin. A l'instant de se croiser, il leur arrivait de s'arrêter à deux pas de notre table pour échanger quelques propos gracieux dans un grand concours de sourires, d'ombrelles et de ronds de jambe. C'était tout à fait plaisant.

C'est du moins ce que parut penser ma grand-mère qui ne cessa, pendant tout le temps que dura notre grenadine, de parodier à mon intention le spectacle qui se déroulait sous nos yeux. Bien qu'elle ne songeât pas toujours à modérer sa voix – je vécus toute cette demi-heure dans l'appréhension qu'une de ses victimes l'entendît –, elle contrefaisait les attitudes plastronnantes ou minaudières des promeneurs avec tant de drôlerie qu'il m'arriva plus d'une fois d'éclater de rire en l'entendant.

Je n'ignorais pas que Thérèse-Augustine pouvait avoir la dent dure, mais je n'avais jamais soupçonné qu'elle possédât un talent aussi subtil et aussi délié. Il est vrai que la vie fort retirée que nous menions à Saint-André ne lui offrait que peu d'occasions d'en pratiquer l'exercice. J'étais probablement trop jeune à l'époque pour m'interroger là-dessus, mais je suis persuadé aujourd'hui que le sens aigu du ridicule mondain dont elle fit preuve en cette fin d'après-midi au bord de la digue de Wenduyne puisait l'essentiel de son inspiration dans la haine congénitale qu'elle vouait à toutes les manifestations du faux-semblant. Je n'ai nullement l'intention de lui décerner un bon point, mais je trouve réconfortant de penser que si ses traits faisaient mouche à tout coup, c'est parce qu'elle était pure : les dons qui affleuraient à chaque seconde dans la luxueuse dramaturgie dont je fus le témoin ne constituaient en somme que la récompense artistique de l'honnêteté qui formait le fond de son caractère.

Ce ne fut pas notre seule escapade à la mer au cours des années où j'ai passé mes vacances d'été à Saint-André. Si j'ai choisi d'en faire le récit de préférence à toute autre, c'est parce qu'elle fut la première et que son caractère initiatique l'a toujours auréolée d'un prestige particulier dans ma mythologie personnelle.

Mais j'aurais pu également évoquer notre équipée dérisoire du concours de forts dont on fit longtemps des gorges chaudes dans la famille. Un jour de juillet, ma grand-mère, toujours à l'affût de ce qui pouvait servir ma gloire, découvrit dans le quotidien qu'elle lisait habituellement l'annonce d'un concours de forts proposé aux enfants de mon âge sur les plages du littoral. Je la revois tout excitée, les lunettes en bataille sur le bout du nez, agitant dangereusement par-dessus la cafetière et les tartines de cassonade du petit déjeuner l'exemplaire du journal où s'étalait sous de gros titres la liste des prix somptueux réservés aux vainqueurs : cerfs-volants géants, équipements de luxe pour jeux de croquet, raquettes de grandes marques. Bien entendu, Thérèse-Augustine, pour qui l'essentiel n'était pas de participer, m'apercevait déjà en rêve, les bras chargés de trophées, sur la plus haute marche du podium. J'eus beau lui objecter avec obstination qu'en me présentant comme concurrent isolé, sans la moindre expérience d'une épreuve de ce genre, je me trouverais versé d'office dans une équipe improvisée, faite de bric et de broc, vouée de toute évidence à ne jouer dans la compétition qu'un rôle purement figuratif ; que la palme irait sans le moindre doute à des groupes solidement organisés, formés de garçons vigoureux accoutumés à s'atteler ensemble à des constructions semblables ; et pour conclure, que la seule idée de me ridiculiser dans l'exercice qu'elle me proposait me déplaisait tout à fait.

J'ai le sentiment que Thérèse-Augustine n'entendit à peu près rien de mon discours. Durant tout le temps que je parlai, elle parut littéralement privée de sens : mes arguments vinrent se heurter à des yeux vides, à un visage de morte. En une seule occasion – quand je fis allusion aux "garçons vigoureux" –, je la vis froncer les sourcils et couler en direction de mes biceps un regard lucidement estimatif. Mais elle revint en un éclair à son immobilité de statue heureuse : j'ai compris ce jour-là ce que signifie l'expression "sourire aux anges".

Bien entendu, l'affaire tourna au désastre. Comme je l'avais redouté, le sort m'associa à des compagnons d'infortune qui n'étaient pas moins novices dans l'art de bâtir que je ne l'étais moi-même : deux garçons de mon âge et trois gamines empruntées et fluettes d'une désarmante bonne volonté. Notre "fort" fut l'un des premiers dont le pavillon fut renversé par la mer.

En mémoire de l'humiliation que j'ai ressentie ce jour-là, j'ai conservé pendant des années dans un tiroir de ma table de travail la petite balle de caoutchouc mousse que les organisateurs octroyèrent généreusement en guise de lot de consolation à tous les concurrents non classés.

Dans la liste des hauts faits de ma grand-mère qui jalonnèrent notre vie commune, il est un épisode qui m'a toujours paru digne d'une mention particulière : c'est l'expédition qu'elle me suggéra d'entreprendre à la conquête du rayon vert.

Le lecteur aura compris que nous lisions Jules Verne cette saison-là. Après l'éblouissement des chefs-d'œuvre, *le Tour du monde, Vingt Mille Lieues, l'Ile mystérieuse*, qui avaient illuminé nos vacances de l'année précédente, nous venions d'aborder les récits de moins haute venue, qui recèlent encore quelques trésors.

Je ne sais qui en avait eu l'idée : pour gagner du temps, mais surtout, je crois, pour nous rapprocher encore, nous avions résolu d'apprendre à goûter en commun le plaisir de lire. Depuis le jour où Thérèse-Augustine avait mis un point final à ses mémoires, nos fins d'après-midi étaient le plus souvent consacrées à la lecture à haute voix.

Le rituel n'était guère modifié : nous nous retrouvions sur le perron à l'heure accoutumée, et ma grand-mère s'installait comme naguère dans son fauteuil à bascule à l'endroit où une trouée entre les capucines lui permettait d'avoir l'œil sur ses fleurs. Mais elle avait maintenant un livre entre les mains et elle ne tricotait plus.

Je m'asseyais auprès d'elle, les pieds accrochés à la traverse de mon petit banc, les coudes posés sur les genoux de manière à nicher plus commodément mon menton entre mes paumes. Thérèse-Augustine commençait à lire à mi-voix :

"Le cottage habité par les frères Melvill et miss Campbell était situé à trois milles de la petite bourgade d'Helensburgh, sur les bords du Gare-Loch, l'une de ces pittoresques indentations qui se creusent capricieusement sur la rive droite de la Clyde"...

Je ne puis évoquer sans mélancolie cet été 1932 : c'est le dernier que nous ayons vécu ensemble à Saint-André. La maison avait été vendue quelques mois plus tôt et le nouveau propriétaire venait de donner congé à ma grand-mère : le délai conventionnel de grâce expirait à la fin du mois de septembre. Déjà, au cours du printemps, Thérèse-Augustine avait fait à deux reprises le déplacement à Bruxelles pour y chercher un appartement.

Jamais la saison ne fut plus radieuse que cette année-là. Le jardin moussait de toutes ses roses, de tous ses blancs neigeux parmi le vert encore tendre des feuilles. Les crépuscules étaient d'une splendeur presque douloureuse : on eût dit que la journée ne consentait à finir qu'après avoir épuisé toutes ses sorcelleries de lumière. J'écoutais ma grand-mère évoquer les caprices d'Héléna et les accès de suffisance pédantesque d'Aristobulus Ursiclos jusqu'à cette heure entre chien et loup où le silence des jardins n'est plus troublé que par quelques chants d'oiseaux et le tintement improbable d'une cloche entre les arbres. Lorsque les caractères commençaient à se brouiller sous son regard, j'insistais pour lui ôter le livre des mains et je me mettais à lire quelques minutes à mon tour. Puis, je refermais doucement le volume et nous demeurions longtemps dans le silence à regarder venir la nuit.

Nous prenions naturellement notre repas beaucoup plus tard que d'habitude. Fait non moins inhabituel : au lieu de m'envoyer au lit dès que j'avais avalé ma dernière bouchée, ma grand-mère, qui avait pourtant toujours manifesté beaucoup de rigueur sur ce chapitre, paraissait prendre plaisir à prolonger la veillée en me gardant encore un moment auprès d'elle.

Il arriva même un certain jour qu'elle improvisât un dîner sur le perron. En d'autres temps, le seul projet de pareille fête m'aurait plongé dans le ravissement. Mais une retenue obscure tempérait mon exaltation : je me rendais compte que ma grand-mère devait se trouver bien désemparée pour consentir à de tels bouleversements dans l'ordinaire de notre vie.

Pour la circonstance, l'antique table roulante que nous n'utilisions plus guère avait repris du service : j'entends encore le grincement asthmatique de ses roulettes mal huilées sur le dallage du perron. Je n'ai gardé aucun souvenir des paroles que nous avons échangées – il y en eut sans doute fort peu –, mais je conserve en revanche une mémoire extrêmement précise des images de cette soirée.

La nuit était presque tombée. Le jardin respirait en silence. Sur le fond du ciel qui commençait à s'assombrir, la masse plus noire du grand mûrier de la pelouse se silhouettait encore faiblement, mais seule l'allée de gravier blanc qui menait au portillon demeurait visible. Les derniers oiseaux s'étaient tus. Une sorte de bonheur triste flottait sur les choses.

Sous le prétexte que la terrasse était dépourvue d'un éclairage suffisant, j'avais obtenu que nous dînions aux chandelles : "Comme des amoureux ?" avait souri Thérèse-Augustine, dont l'imagination était assez déliée pour pressentir qu'au-delà du plaisir enfantin de l'insolite, les deux minces flammes qui isolaient notre table au cœur d'une mer de ténèbres avaient le pouvoir d'aviver délicieusement en moi le sentiment de la connivence qui nous unissait.

Je nous revois assis face à face sous le dais des capucines endormies. La lueur des bougies posait sa patine tremblante sur les cristaux et allumait dans le regard de ma grand-mère toute une fantasmagorie de reflets. Chaque fois qu'elle inclinait la tête, son visage s'offrait tout entier à la lumière : le sourire qu'elle avait eu au moment de dresser le couvert s'était effacé pour laisser la place à une expression si douloureuse et si tendue que je dus me détourner pour cacher les larmes qui me montaient aux yeux.

Cependant, jusqu'au dernier jour, nos conversations évitèrent toute allusion à notre départ. Je suis à peu près certain qu'elle aurait écarté le sujet si elle m'avait entendu l'évoquer devant elle. Elle mettait une sorte de coquetterie désespérée à se comporter comme si rien n'allait changer dans notre vie. Mais je l'aimais assez pour savoir que cet adieu à sa maison et à nos vacances en commun équivalait pour elle à la fin de toutes choses.

Voulut-elle couronner les dernières semaines de notre compagnonnage par une équipée qui inscrirait son souvenir dans mon esprit comme une signature au bas d'un texte ? Je ne puis que le conjecturer.

Elle avait été vivement séduite par le récit de Jules Verne dont les péripéties offraient à son goût du merveilleux et à la révérence ingénue qu'elle entretenait à l'égard des mystères de l'univers l'occasion de s'exercer ensemble. Comme sa curiosité était toujours en éveil – chaque année, à mon arrivée à Saint-André, elle me demandait de lui redire le peu que je savais des étoiles –, un livre semblable était véritablement du pain bénit pour elle. Car il n'y avait à l'évidence aucune contradiction dans sa pensée entre sa passion pour les arcanes de la connaissance et cette espérance obstinée dans la survenance du miracle qui s'était développée en elle lors des épreuves de son enfance au point de faire partie de sa nature. Pressentant sans avoir lu *Hamlet* qu'il y a plus de choses dans le ciel et sur la terre que n'en peut rêver notre philosophie, elle vivait dans la certitude excitante que tout est possible à tout moment et croyait dur comme fer à tous les *Peau d'Ane* qu'on lui contait.

J'eus pour la première fois la puce à l'oreille lorsque sa lecture aborda le début du chapitre III : c'est à ce moment du récit que miss Campbell découvre l'existence du rayon vert dans un article du *Morning Post.* Alors que Thérèse-Augustine lisait habituellement sur un ton dépourvu de toute passion apparente, je décelai soudain une modification dans la coloration émotionnelle de sa voix : en évoquant l'instant où le soleil lance son ultime rayon avant de disparaître dans la mer – “ce rayon d'un vert merveilleux, d'un vert qu'aucun peintre ne peut obtenir sur sa palette, d'un vert dont la nature n'a jamais reproduit la nuance” – elle paraissait baigner dans un bonheur enfantin. Littéralement, elle en avait les larmes aux yeux, comme si elle venait de découvrir une vision édénique : “S'il y a du vert dans le Paradis, ce ne peut être que ce vert-là.” La pensée me vint qu'elle montrait un visage du même genre quand elle dégustait une de ces tartelettes à la frangipane dont elle était particulièrement friande. En même temps, je ne pouvais me défendre d'éprouver le sentiment que la sonate de musique céleste à laquelle elle prêtait l'oreille n'occupait que la part la plus mince de son attention et que le lyrisme des sphères tenait en fait moins de place dans son plaisir que la sensualité de la gourmandise. Ce qui signifie en d'autres termes qu'elle était déjà en train de se préparer mentalement à partir à la conquête du rayon en question.

La suite de la lecture ne fit que confirmer cette impression. Non seulement elle prit pour argent comptant le roman de Jules Verne et ne mit pas une seconde en doute l'existence du rayon vert, mais elle se convainquit bientôt qu'au prix d'un effort d'assiduité et d'attention, nous aurions le privilège de le contempler nous-mêmes. Est-il nécessaire de préciser qu'elle n'eut aucune peine à m'en persuader aussi ?

Le reste ne fut plus qu'une affaire d'organisation. Il nous parut utile, tout d'abord, de procéder, un carnet de notes à la main, à une relecture rapide de l'ouvrage. Il fallait consigner avec soin les conditions qui présideraient à une observation parfaite du phénomène : un long crépuscule, une mer calme, un ciel sans nuages, un horizon dégagé de toute brume. Comme le temps se maintenait au beau et que nous étions au début de juillet, c'est-à-dire à une époque voisine des plus longs jours de l'année, rien ne nous interdisait de tenter l'aventure sans attendre. C'est ce que nous fîmes.

Je ne raconterai pas notre expédition. La seule chose qui importe, c'est qu'elle nous apparut sur le moment comme une réussite totale. En regagnant la maison ce soir-là, nous aurions juré tous les deux qu'un rayon d'un vert admirable avait nappé l'étendue à l'instant où le dernier segment du disque solaire s'était effacé de l'horizon marin. Nous aurions fait ce serment l'âme sereine et la tête sur le billot. Je me rappelle que notre seul point de désaccord, durant l'échange de vues assez animé que nous eûmes au retour, tandis que nous laissions nos bicyclettes pédaler toutes seules en suivant le lit de la brise qui venait de la mer, concernait la nuance du vert en question : je le voyais dans les tons émeraude, Thérèse-Augustine estimait qu'il tirait plutôt sur le jade.

Naturellement, tous les gens de bon sens soutiendront que nous avons eu la berlue et que nous n'avons pas aperçu le rayon vert pour la raison qu'on ne peut apercevoir ce qui n'existe pas. Qui a raison ? Moi-même, quand je m'interroge aujourd'hui sur ce que nous avons réellement vu ce jour-là, je suis contraint d'avouer que mon assurance vacille. Il est vrai que j'ai vieilli et que ma grand-mère n'est plus auprès de moi pour m'insuffler ses certitudes.

Un poète a ouvert un jour le dossier de la longue querelle de la tradition et de l'invention, de l'ordre et de l'aventure. Sans autre information et en espérant ne pas faire preuve d'une excessive outrecuidance, j'aimerais y ranger le souvenir de ce très modeste épisode.

ME VOICI REVENU, APRÈS CE LONG cheminement sur les sentiers de ma mémoire, à ce matin de février où j'avais rêvé de rendre visite à ma grand-mère.

J'ai dit que dans cet état de demi-brume mentale où je me trouvais au sortir du sommeil, le fait qu'elle soit morte depuis près d'un demi-siècle ne m'avait pas semblé un obstacle insurmontable : une distance incommode tout au plus. Qui allongerait sans doute la durée du parcours. Qui rendrait peut-être même la rencontre incertaine. Qui m'imposait en tout cas de me mettre en route toutes affaires cessantes si je voulais arriver avant la nuit. Nous savons bien, n'est-ce pas ? que lorsque le voyageur veut arriver quelque part, même à l'auberge fameuse, c'est toujours avant la nuit. Il est évident qu'à mon âge, c'est particulièrement recommandable.

Et cependant, on a vu que je n'avais pas cédé tout de suite au conseil qui m'était donné. En fait, j'ai hésité un bon moment. J'ai passé une heure ou deux à flâner parmi mes souvenirs. Il est vrai qu'il faisait un temps détestable : un de ces temps comme on en subit l'hiver dans nos contrées, tout à fait capable de disposer un optimiste au suicide. A dix heures du matin, la nuit restait solidement ancrée dans le ciel et un immense banc de nuages anthracite semblait barrer le ciel du Nord d'un signe d'interdiction.

En fin de compte, j'ai résolu de faire crédit à la sagesse des Puissances qui gouvernent mon sommeil : je suis monté dans ma voiture et j'ai pris la direction de Bruges.

Curieusement, l'autoroute de la côte était presque déserte. S'il n'y avait eu le péril de cette masse plombée qui envahissait l'horizon jusqu'à noyer tout le paysage dans une pénombre d'embuscade, j'aurais pu laisser l'auto se conduire toute seule pour réfléchir à l'aise à l'expédition que j'entreprenais. Mais je n'en eus guère le loisir. J'étais à peine à la hauteur de Gand lorsque j'affrontai les premières lances de l'averse. La nuée qui menaçait depuis l'aube était en train de se résoudre en un ruissellement continu ponctué de violentes bourrasques qui secouaient durement la voiture et projetaient des paquets d'eau sur le pare-brise au passage de chaque camion. Pendant une trentaine de kilomètres, contraint de naviguer à l'estime à travers le rideau crépitant que je voyais onduler par bouffées sous les sautes de la rafale, je perdis tout contact avec le monde qui m'environnait.

C'est sans doute durant les quelques minutes où mon attention fut entièrement requise par la route que dans cette région obscure de la conscience où s'élaborent les impulsions de l'instinct, un inconnu qui devait être moi fit le choix de renoncer à revoir la maison de Saint-André.

Je n'ai pas le souvenir que mon esprit ait pris la moindre part volontaire à cette décision. Cependant, je ne songeai pas une seconde à la remettre en cause, encore qu'elle m'apparût au premier abord comme tout à fait surprenante. Lorsque j'étais monté dans ma voiture une heure plus tôt, c'était avant tout dans l'intention de retrouver cette maison qui demeure inexprimablement liée dans ma mémoire au personnage de ma grand-mère. Au point qu'il m'a toujours été impossible d'évoquer l'un sans évoquer l'autre, comme s'il y avait une connivence existentielle entre un simple agencement de briques et de pelouses et cet univers de liberté et d'invention que la petite dame me fit découvrir un jour. Comme si ? Pourquoi "comme si" ? J'atteste que cette connivence était réelle. J'atteste qu'à l'âge où je commençais à épeler la vie, une élection fabuleuse, qui dut l'essentiel de son pouvoir au génie de ma grand-mère, a transformé cette demeure en un théâtre de bonheur et de songe.

Il y a de cela plus de soixante années. Je n'y suis pas retourné une seule fois depuis. Je ne connais rien du sort de cette maison depuis le temps où le petit garçon que j'ai été sentait son cœur se serrer en regardant, dans la lumière précieuse des longs crépuscules, le jardin se faire temple et musique.

Existe-t-elle encore aujourd'hui ? Découvre-t-on toujours, dans le clos voisin de la chaussée de Gistel, le colombage de sa façade grise et rose au bout du tunnel de verdure de la longue allée ? Quelqu'un s'assied-il encore sur le perron aux capucines où ma grand-mère, tapie au creux de sa berceuse, tricotait en surveillant ses fleurs, tandis que le grand mûrier de la pelouse bourdonnait de tous les hannetons de juin ?

La merveille est qu'il me suffise d'évoquer ton visage, ô maison, pour que le miracle renaisse : voici que le charme agit à nouveau, que l'enchantement se recompose, que la vieille tendresse se réveille et me presse de courir vers toi comme on se hâte vers une fontaine.

Mais si persuasive qu'elle puisse être, ce n'est pas à cette voix que je prête attention : l'appel auquel je vais obéir, c'est celui que m'adresse l'obscure prudence ancestrale, qui enjoint à la bête menacée de se dérober aux blessures. Elle me souffle qu'en m'obstinant à retrouver la maison de Saint-André, je commettrais une faute majeure contre son souvenir.

Que peut-il subsister aujourd'hui, me glisse-t-elle à l'oreille, de la grâce initiale d'un lieu dépossédé depuis si longtemps de celle qui en fut l'âme ? Si le clos n'a pas été rasé pour faire place à un garage ou à une maison de retraite, il a certainement vu ses jardins bouleversés au fil du temps, ses cottages banalisés par les multiples occupations qu'ils ont subies. Il n'est guère concevable que l'improbable exception édénique dont les plaisirs ne se goûtaient d'ailleurs qu'au fort de l'été, à la saison des longues journées chaudes et des jardins en fête, ait pu survivre autant d'années à l'absence et à la mort.

Je n'ai malheureusement rien à répondre à ce discours. Je ne tenterai pas de retrouver la maison : je ne veux pas voir ma grand-mère mourir une seconde fois.

Déjà, quand elle a dû quitter Saint-André, j'avais vécu le déchirement d'une longue séparation. Je demeurai plusieurs mois sans la revoir. Comme je demandais avec insistance à mes parents de me conduire auprès d'elle, on m'accompagna un dimanche à Bruxelles. Elle venait d'emménager dans son nouveau logis.

Je ne sais quel décor je m'étais forgé en rêve : ce que je découvris était triste à mourir. Ma mère, qui savait que l'image de la maison de Bruges vivait toujours au cœur de ma mémoire, avait bien tenté de me préparer à une déception. Elle m'avait patiemment expliqué, tandis que je regardais défiler les fumées du train, que ma grand-mère ne possédait d'autres ressources que sa pension de veuve et que les conditions du marché des loyers s'étaient sensiblement dégradées depuis l'époque où un hasard heureux avait permis à mes grands-parents de découvrir le clos de verdure de Saint-André. Je crois avoir hoché plusieurs fois la tête pour affirmer ma compassion, mais je ne suis pas sûr d'avoir compris grand-chose aux explications de ma mère.

De toute manière, comment aurais-je pu imaginer que j'allais retrouver la reine de mon univers de bonheur et de jardins prisonnière d'un logement étriqué, sans style et sans charme, dans l'alignement sinistre d'une rue de faubourg ?

L'anxiété avec laquelle la petite dame nous accueillit montra qu'elle s'efforçait désespérément de se faire illusion :

"Comment trouvez-vous ?" demanda-t-elle à plusieurs reprises.

Maman en fut réduite à mentir avec le plus de conviction possible. Elle y réussit apparemment assez bien : je vis que ma grand-mère buvait pathétiquement ses paroles.

"C'est vrai que l'appartement est très commode", admit-elle.

Elle me jeta un coup d'œil à la dérobée comme si elle attendait mon avis. Mais j'avais la gorge trop nouée pour jouer la comédie.

"Bien sûr, c'est assez petit", concéda-t-elle.

On eût dit qu'elle se sentait un peu coupable.

Jamais je ne l'avais connue aussi incertaine, aussi divisée. Il suffisait d'un compliment un peu appuyé de ma mère pour qu'elle parût reprendre confiance : elle attirait notre attention avec mille détails sur les agréments de sa cuisine. Mais l'instant d'après, elle renonçait à masquer son désarroi et se laissait tomber sur une chaise :

"Je crois que je ne m'y ferai jamais."

Il y avait une lueur un peu égarée dans ses yeux.

Elle nous avait préparé du porto, de la grenadine et des gâteaux secs. Je remarquai qu'elle avait aussi songé à disposer sur le plateau quelques berlingots de pâte d'amandes. Cet hommage à notre rituel de connivence me toucha, mais je ne trouvai pas les mots tout simples qu'il eût fallu pour le dire. Pour la première fois, j'éprouvais le sentiment d'une distance entre ma grand-mère et moi : la conscience que nous avions l'un et l'autre de ce que nous avions perdu pour toujours nous séparait.

Le moment vint où maman dut consulter sa montre : l'heure de notre train approchait. Ma grand-mère acheva son porto sans hâte :

"Ainsi sont les choses", dit-elle simplement.

Je ne la revis pas avant Pâques.

C'est aux abords d'Oostkamp que je perçus, avec l'évidence d'un avènement, les premiers signes de l'embellie. En quelques instants, la bourrasque s'apaisa, l'essuie-glace se mit à crisser sur une vitre sèche, et le demi-jour douteux qui assombrissait le ciel se leva comme un rideau de théâtre, découvrant au ras d'un horizon dégagé de tout nuage une longue aigrette d'un blond si rayonnant et si tendre qu'elle paraissait émettre sa propre lumière.

La mutation fut à ce point instantanée, elle survint en conjonction si exacte avec ma résolution de ne pas chercher à revoir la maison de Saint-André que je pris plaisir à jouer un moment avec l'idée puérile que c'était l'impulsion de mon instinct qui avait provoqué ce bouleversement dans les balances de l'averse. Il me parut stimulant d'imaginer que le ciel s'était réellement mis de mon côté en m'autorisant à franchir une lisière semblable à celle qui entrave la progression du héros dans l'univers des contes. Je trouvai plaisant que son obligeance allât jusqu'à me laisser entendre, en signe de bienvenue, que quelques kilomètres plus loin, il faisait beau sur la mer.

Il n'était plus permis d'hésiter : je quittai l'autoroute à Jabbeke pour prendre le chemin du Coq.

Je me trouvais soudain détendu et comme libéré, dans un sentiment proche de celui qui envahissait mon esprit à l'époque des grands départs en vacances, quand mon père attendait d'avoir fait quelques tours de roue après le passage de la douane avant d'annoncer avec gravité à la famille devenue brusquement silencieuse : "Voilà ! Nous sommes en vacances"...

Je n'étais pas loin de penser la même chose. Tandis que je roulais vers la côte, j'éprouvais l'impression d'être déchargé d'un fardeau, comme si je venais de m'en remettre au destin du soin de ma journée. Je me sentais délicieusement affranchi de toute contrainte, insoucieux du monde et du temps, dans l'état de désœuvrement du cavalier qui a rendu les rênes à sa monture.

Un pâle soleil s'était levé sur les champs où quelques plaques de gelée blanche subsistaient çà et là. J'abaissai la vitre de ma portière. Il y avait dans la fraîcheur de l'air une pointe tendre qui fleurait la vanille tiède : le printemps viendrait tôt cette année. Je songeai en regardant l'asphalte fuir sous mes roues que dans quelques minutes, une joie me serait accordée, celle dont mes yeux de guetteur épuisé avaient cru saluer la promesse dans le déchaînement de la nuée gantoise : je saluerais la mer.

La pensée me vint brusquement que c'était une manière de rendre visite à ma grand-mère qui lui aurait plu : j'étais en train de regagner le pays où je n'ai jamais cessé d'avoir huit ans.

Pour épargner à la petite dame les tristesses d'un été solitaire, je suggérai à mes parents d'organiser un séjour en commun à la côte lors des premières grandes vacances qui suivirent son emménagement à Bruxelles. Je ne sais quel contretemps fit échouer le projet. Par la force des choses, nos rencontres se firent plus rares.

Heureusement, il y avait ses lettres. Elle m'avait demandé de lui écrire de temps en temps. Je m'attachai à le faire, bien que ce fût pour moi une épreuve : en dépit de l'effort auquel je ne cessais de m'appliquer pour donner un ton naturel à ce que je lui écrivais, la sotte pudeur de mon âge était souvent la plus forte et la plupart des billets que je rédigeais à grand-peine sur des pages détachées de mes cahiers d'écolier demeuraient d'une expression contrainte qui aurait pu la conduire, si elle ne m'avait aussi bien connu, à m'imputer une indifférence que j'étais loin d'éprouver. La vérité se trouvait à l'opposé de ce que je lui donnais à lire : elle me manquait beaucoup.

Elle me répondait courrier pour courrier de longues missives débridées et un peu folles qui fourmillaient d'anecdotes sur les commerçants du quartier et les mesquineries de sa propriétaire, mais dans lesquelles, en apparence du moins, elle parlait fort peu d'elle-même. Je pense cependant qu'elle le faisait à sa manière. Nous dirions dans le jargon actuel que les huit à dix feuillets de texte serré qui jaillissaient de la plume de Thérèse-Augustine offraient aux décodeurs éventuels deux "niveaux de lecture" : il y avait la part publique de sa correspondance, celle où elle rendait compte avec son humour habituel des menus incidents de sa vie sociale et qui était destinée à mes parents autant qu'à moi-même, et il y avait la part secrète que je me réservais comme une friandise et qu'il m'appartenait de déchiffrer à la façon d'un palimpseste entre les lignes du texte visible. Je procédais dans la solitude de ma chambre à une véritable exégèse sentimentale de ses lettres, analysant avec une patience de sémanticien les passages où elle me paraissait se livrer davantage, relevant les moindres détails qui pouvaient passer pour des indices. Je savourais avec un plaisir particulier les allusions à tel ou tel épisode de notre intimité brugeoise qui n'avaient de signification que pour moi et qui me permettaient de renouer, dans la clandestinité magique du souvenir, le fil du dialogue amoureux que nous avions entretenu durant tant d'années.

C'était le plus souvent à l'heure du petit déjeuner que le pli bleu azur à la minuscule écriture de chat apparaissait sur notre table. Comme ma grand-mère prenait toujours soin de libeller l'adresse à mon nom, mon père me tendait cérémonieusement l'enveloppe, mais sous le prétexte qu'une lettre est parfois porteuse de mauvaises nouvelles, il ne faisait aucun mystère de l'impatience qui le pressait de me voir l'ouvrir. En sa présence, bien entendu. Cette insistance m'agaçait fort, mais je ne voyais pas le moyen de m'y soustraire. J'imagine qu'en fils soucieux de la santé de sa mère, il considérait sa curiosité comme parfaitement légitime. Je dois reconnaître qu'il se préoccupait peu des détails : lorsque, après avoir survolé la lettre d'un coup d'œil, je lui annonçais entre deux bouchées que ma grand-mère se portait bien et que, selon l'expression qu'il avait coutume d'utiliser lui-même depuis qu'il avait lu Erich Maria Remarque, “à Bruxelles, il n’y avait rien de nouveau”, il se désintéressait du reste, terminait bientôt son café, et s’en allait à ses affaires.

Ma mère était moins facile à contenter. Elle désirait lire elle-même la prose de Thérèse-Augustine, mais elle ne me bousculait pas : nous reprenions le texte à tête reposée en achevant notre déjeuner. Sous la plume de la petite dame, une tournée des magasins ou un simple trajet dans l’ascenseur de son immeuble se transformait en une saynète d’une drôlerie cinglante où, comme sous l’effet d’une sorte de fatalité, nous retrouvions presque toujours l’un ou l’autre de ces quidams plastronnants qui semblaient avoir vocation de croiser sa route et qu’elle avait l’art, en quelques traits, de mettre à nu jusqu’à leur peau intime.

C’était un moment de pur bonheur.

J’ai retrouvé sans peine la dune où nous nous sommes postés un soir du mois de juillet 1932 dans l’espérance de surprendre le rayon vert.

Comme ce jour-là, je suis monté jusqu’au plateau étroit tapissé d’herbes folles qui couronne son sommet.

Aussi loin que porte ma vue, la côte est déserte sous la voûte étincelante du ciel d'hiver. La lumière est si pure que sur l'horizon décapé de toute vapeur, j'aperçois très distinctement le phare d'Ostende à une douzaine de kilomètres.

La plage qui s'étend sous mes yeux est belle comme une main nue. Elle propose à mon regard un luxe de couleurs très subtiles : de la nacre glacée des eaux au blond mordoré du sable en passant par les variations ardoise et blanc de neige que modulent les quelques nuages qui dérivent lentement sous le vent d'est, je recense tous les tons qui vont du brun fauve à l'argent pur. Il y a là bien des joies pour un esprit qui a un peu de goût pour la rigueur : la moindre n'est pas que le bleu y soit, pour quelques semaines encore, une des seules nuances interdites par la saison…

Voilà. J'ai fait ce que j'ai pu pour en différer le récit le plus longtemps possible, mais dans l'évocation que j'ai entreprise, j'en suis arrivé au moment où ma grand-mère va mourir : je vais tenter de passer là-dessus très vite.

En fait, nous n'avons jamais su quand la petite dame avait commencé à souffrir. Comme elle avait défendu qu'on nous alertât, il fallut qu'une de ses voisines, qui la voyait torturée sans secours, eût assez de bon sens pour nous avertir. Le jour même, mes parents étaient à Bruxelles : Thérèse-Augustine leur avoua qu'elle se trouvait en proie depuis des semaines à une névralgie faciale qui ne lui laissait pratiquement pas de répit. Un médecin, consulté, diagnostiqua une névrite du nerf trijumeau. Mais les calmants qu'il prescrivit demeurèrent à peu près sans effet.

Ma grand-mère, qui jouait autrefois à se dire "désespérée" pour un plat mal venu, subissait son mal sans se plaindre. D'une seconde à l'autre, sans qu'aucun malaise préalable l'eût annoncé, je voyais son visage se crisper, tandis qu'elle élevait lentement les doigts vers sa joue, mais sans effleurer la peau, un peu comme elle l'aurait fait pour saluer une personne de sa connaissance. L'étrange est qu'elle faisait son salut les yeux fermés. C'était sa seule manière de nous dire : "Comme j'ai mal !"

On peut penser que ces névralgies que rien ne semblait pouvoir apaiser favorisèrent le développement d'un mal plus profond. Thérèse-Augustine, dont l'agilité intellectuelle avait toujours été très vive, manifesta bientôt quelques signes surprenants de sclérose cérébrale, oubliant son sac à main chez la verdurière, perdant ses clefs, laissant déborder la baignoire. Il devenait imprudent qu'elle continuât à vivre seule. Mes parents se mirent à la recherche d'une pension de famille. Dans un premier temps, la petite dame ne voulut pas en entendre parler, mais la souffrance avait probablement usé sa volonté de combattre, et elle finit par céder.

Ce changement de milieu, pourtant commandé par la nécessité, allait se révéler désastreux : la dégénérescence mentale de ma grand-mère ne fit que s'aggraver dans ce cadre nouveau où elle ne se sentait pas heureuse. Elle se mit à quitter son lit la nuit, pénétrant dans les chambres des autres pensionnaires : elle se prétendait, de manière fort confuse, à la recherche de quelque chose ou de quelqu'un. On me rapporta qu'il lui arrivait, au cours de ces escapades, de prononcer mon nom.

Une nuit, alors qu'elle avait une fois de plus quitté sa chambre, elle fit une chute dans l'escalier. J'accourus aussitôt. Elle s'était démis l'épaule et son visage était tuméfié, couvert d'ecchymoses. Son œil droit était presque fermé. Elle avait dû tomber la tête en avant. Ce matin-là – peut-être l'avait-on droguée ? – elle ne me reconnut pas.

Quelque temps plus tard, j'étais en train de bavarder avec elle de la façon la plus naturelle en me réjouissant à part moi de la trouver en aussi bonne forme, lorsque je m'aperçus qu'elle me confondait avec mon père. Cela lui arriva à de multiples reprises dans la suite. Un jour, elle me dit même : "Charles ne vient jamais me voir"…

Comme elle ne se levait plus guère et qu'elle était devenue incapable de faire seule sa toilette, on dut la confier à une "maison de soins".

Elle avait perdu toute notion claire de l'écoulement du temps : voyant la nuit tomber, elle croyait que le jour allait naître et réclamait son petit déjeuner. Mais elle avait conservé une mémoire admirable des événements de sa petite enfance et de l'histoire de sa famille. Je me hâtais de l'en faire parler, sachant que je n'aurais pas le bonheur de l'entendre bien longtemps.

J'avoue à ma honte que je n'ai pas gardé un souvenir très précis des dernières semaines de la vie de ma grand-mère. Curieusement, toute cette période m'apparaît à distance comme estompée par une sorte de brume douloureuse d'où n'émergent plus que de rares moments.

Je me souviens pourtant d'un détail assez étrange. Alors qu'elle n'avait jamais été particulièrement soucieuse de son apparence, elle était devenue très exigeante sur le chapitre de sa tenue et de l'aspect qu'elle offrait aux visiteurs qui la découvraient dans son lit. Elle demandait par exemple qu'on lui mît un peu de poudre pour aviver son teint, et elle revêtait par-dessus sa chemise de nuit une liseuse de couleur vive qu'elle couvrait bientôt de taches et qu'il fallait changer plusieurs fois par jour. Ultime coquetterie : elle était préoccupée par les fanons qui trahissaient l'affaissement des chairs de sa gorge, et elle portait autour du cou, pour tenter de les dissimuler, une jeannette de soie mauve. Je détestais ce colifichet mondain qui paraissait incongru sur le corps d'une femme comme ma grand-mère. J'imagine qu'elle tenait à l'arborer, dans cette chambre qui sentait l'urine et la mort, comme un pathétique et dérisoire défi au néant.

Elle s'éteignit sans souffrances un jour de juin, par un crépuscule plein d'oiseaux. Sous la fenêtre ouverte, le printemps déployait dans le jardin un fabuleux pays de jeunes feuilles, d'herbe neuve, de bourgeons gras.

Quand on la mit au cercueil, son corps était devenu si menu qu'il pesait à peine le poids d'un petit enfant.

THÉRÈSE-AUGUSTINE, VOICI LONGtemps déjà qu'on a tracé une petite croix à côté de votre nom dans les registres de votre commune. Mais je sais bien qu'à la ressemblance de certaines saintes qui n'ont jamais rencontré Dieu, vous êtes de celles qui ne peuvent mourir tout à fait.

Du temps que vous étiez vivante, une grâce initiatique personnelle vous avait accordé le pouvoir d'entretenir commerce avec les puissances de l'invisible. Depuis que vous avez quitté le monde des hommes, votre mémoire a continué de briller en moi comme une petite lumière.

L'univers dans lequel vous êtes née n'avait guère de ressemblance avec le nôtre. C'était le temps où les voitures à chevaux circulaient dans la ville, et des volées de moineaux venaient picorer le crottin jusque sous la queue des percherons. A la tombée du jour, les allumeurs de réverbères parcouraient les avenues en brandissant de longs bâtons porteurs de flammes. Des rémouleurs venaient sonner à la porte des maisons. Ils portaient un chapeau haut de forme tout cabossé, un ouistiti sur l'épaule. Ils poussaient devant eux une frêle voiture à pédales couverte d'un toit au lambrequin de velours écarlate en criant dans la rue : "Beaux couteaux, mesdames, beaux couteaux !" Et lorsqu'ils pédalaient en passant une lame à la meule, le bruit que faisait leur machine évoquait le ruissellement d'un torrent sur les galets.

Ceux qui avaient l'habitude au cours de ces années-là d'acheter leurs volailles ou leurs œufs à la ferme de vos parents voyaient s'affairer entre la buanderie et les étables une petite fille en tablier de satinette bleue, aux doigts gercés par les lessives, qui faisait bravement le travail d'un journalier. La plupart ne s'en étonnaient guère. Mais lorsqu'il arrivait qu'un client demandât pourquoi vous n'étiez pas à l'école à cette heure de la matinée, Nicolas-Cyprien se faisait toujours un plaisir de lui exposer l'ambition généreuse qui occupait son esprit. Et le client, séduit, ne manquait pas de manifester l'admiration qu'il éprouvait à l'égard d'un aussi noble dessein.

Thérèse-Augustine, je pense à cette petite fille qui a été offerte en sacrifice afin de permettre à ses frères de se faire un nom dans la ville. Vous m'aviez caché que lorsqu'elle eut vingt ans – c'était l'époque où les femmes dissimulaient encore pudiquement leurs chevilles – il ne lui resta d'autre ressource que de se faire engrosser pour être libre.

C'est en hommage à sa détermination et à sa force d'âme que j'ai écrit ce livre : j'ai tenté d'y évoquer quelques-unes des choses que je vous dois et plusieurs autres que vous m'avez enseignées.

On vous a reproché de vous mêler de ce qui ne vous regardait pas, mais j'admire que vous ayez eu le courage de recommencer vos classes à soixante ans dans l'espérance que votre petit-fils connaîtrait un jour l'avenir glorieux qui vous avait été refusé.

On vous a reproché d'avoir tiré toute votre vie des plans sur la comète, mais c'est à force d'attester par votre exemple que l'action doit demeurer la sœur du rêve que vous m'avez appris à connaître le désir.

On vous a reproché de prendre vos illusions pour des réalités, mais c'est à force de faire une réalité de votre désir que vous m'avez enseigné la poésie.

C'est pourquoi je suis venu vous remercier ce matin sur le théâtre de l'ultime expédition que vous avez rêvée : si vous avez aperçu le rayon vert, c'est parce que vous faisiez confiance à Jules Verne, comme Schliemann a découvert Troie parce qu'il avait fait confiance à Homère.

O Thérèse-Augustine, ma grand-mère des groseilles de juin qui tricotiez en me racontant votre vie sur le perron aux capucines, bien des poètes, c'est vrai, firent moins que vous.

Je me souviens que vous n'hésitiez pas, toute menue sur votre bicyclette, à me mettre au défi de vous battre à la course : “Que le meilleur gagne !”, clamiez-vous par-dessus les jardins. Et je me sentais très gêné parce que les voisins vous entendaient.

Je me sentais plus gêné encore quand vous faisiez des pieds de nez aux agents de police. Et je me suis permis de vous dire une ou deux fois qu'il n'était pas indispensable d'écrire aussi souvent au Premier ministre pour lui signaler que l'organisation du monde ne vous paraissait pas satisfaisante.

Mais, bien sûr, c'est moi qui avais tort. Le monde n'est pas satisfaisant et il est tout à fait souhaitable de le répéter sans cesse.

Depuis quelques années, si absurde que cela puisse paraître aux gens que l'amour ne met pas hors de leur bon sens, je rencontre de plus en plus souvent votre visage dans mes songes. Il suffit de la plus modeste connivence des choses – une certaine tendresse de la lumière sur les fleurs, le trille d'un merle dans le crépuscule du jardin ou, comme en ce moment, une simple accentuation de la brise qui fait parler la mer un peu plus haut qu'à l'accoutumée – pour que mon cœur m'apporte la confirmation de ce que je savais déjà : je ne me ferai jamais une raison de vous avoir perdue.

Je crains qu'il ne soit vain d'espérer qu'une dérogation miraculeuse aux lois qui gouvernent le monde des morts vous autorise, même l'espace d'un instant, à rompre la distance qui nous sépare. N'empêche ! Vous m'avez appris lorsque j'étais enfant qu'il fallait fermer les yeux et serrer les poings de toute son âme quand on désirait quelque chose avec intensité. J'ai fermé les yeux et je serre les poings avec tant de force que j'en ai mal aux jointures.

O ma petite dame, ô mon petit cœur, quand me ferez-vous le signe que j'attends ?

«un endroit où aller»

Alice Ferney
L'ÉLÉGANCE DES VEUVES

Ossip Mandelstam
LE TIMBRE ÉGYPTIEN

Tecia Werbowski
LE MUR ENTRE NOUS

André Sarcq
LA GUENILLE

Brassaï
HISTOIRE DE MARIE

Jack London
CONSTRUIRE UN FEU

Michel Butor
STRAVINSKY AU PIANO

Robin Chapman
LE JOURNAL DE LA DUCHESSE

Jean-Louis Cornille
LA HAINE DES LETTRES

Marisa Volpi
CAVALIER SANS DESTIN

Claire Fourier
MÉTRO CIEL

Charles Bertin
LA PETITE DAME EN SON JARDIN DE BRUGES

Fabienne Pasquet
L'OMBRE DE BAUDELAIRE

OUVRAGE RÉALISÉ PAR L'ATELIER GRAPHIQUE ACTES SUD REPRODUIT ET ACHEVÉ D'IMPRIMER EN FÉVRIER 1998 PAR L'IMPRIMERIE FLOCH À MAYENNE SUR PAPIER DES PAPETERIES DE JEAND'HEURS POUR LE COMPTE DES ÉDITIONS ACTES SUD LE MÉJAN PLACE NINA-BERBEROVA 13200 ARLES DÉPÔT LÉGAL 1re ÉDITION : MARS 1996 N° impr. : 43044.
(Imprimé en France)